かんでやれの朝

七瀬ざくろ

文芸社

目次

かえで荘の朝

ビルの谷間にしがみつくように、そのおんぼろアパートは建っていた。

薄汚れた小さな門には、かえで荘と書かれた表札がかかっている。時代に取り残されたようなおんぼろアパートのかえで荘には、辺りの町並みとは明らかに違う、どんよりとした重たい空気が漂っていた。

くわえ煙草をした厳《いか》つい顔の引っ越し屋が、サイドブレーキを思いっきり手前に引いた。するとトラックは、油の切れたような音を上げてゆっくりと止まった。運転席のドアを開けて降り立った体格のいい引っ越し屋は、くわえていたチビた煙草を地面に叩きつけた。地面でバウンドした煙草は水たまりに飛び込み、じゅっと最後の煙を吐いた。

引っ越し屋は手慣れた調子で、トラックの荷台の扉を開けた。荷台の中には、テレビ、冷蔵庫、折り畳み式のテーブル、それに数個のダンボール箱がある。引っ越し屋は、引っ越し荷物を固定していたロープをするすると解きながら、助手席に向かって叫んだ。

「兄ちゃ～ん！　引っ越し荷物を運ぶから、手伝ってくれや～！」

「は～い！」

助手席から声がした。助手席のドアを開けて降りてきたのは、トレーナーにジーンズ姿の谷口信吾だ。助手を務めるということを条件に引っ越し代金を値切った信吾は、急いで助手席のドアを閉めて真新しい軍手を着けた。不動産屋からもらった地図をお尻のポケットに仕舞いながら、荷台の方へと急ぐ。

「兄ちゃんの引っ越し先って何号室だよ？」

「202号室です」

「あいよ」

そう言って引っ越し屋は布団袋を軽々と背負った。信吾はダンボール箱を胸の前に抱え、かえで荘の共同玄関へと向かった。玄関のドアを潜ると、天井では古くなった蛍光灯が音をさせながら点滅を繰り返している。信吾は急いで靴を脱ぎ、一足ごとにきゅっきゅっと鳴る、まるでウグイス張りのような階段を足早に上った。2階には3つの部屋があり、真ん中の部屋が202号室だ。信吾はドアの脇にダンボール箱を置き、不動産屋から受け取ったばかりの鍵を鍵穴に差し込んだ。信吾がドアを開けると引っ越し屋は信吾を押し退けて部屋に入り、布団袋をどすんと床の上に置いた。その拍子に、木造・築45年のかえで荘が細かく上下に揺れる。

30分もたたないうちに引っ越しは完了した。それにしても、引っ越し屋というのは大したものだと信吾は思った。自分が2往復する間に引っ越し屋は4往復はしている。そのくせ汗ひとつかいてはいない。

引っ越し屋はケロッとした顔で汗だくの信吾に伝票を差し出した。引っ越し屋はよほどかえで荘が珍しいと見え、信吾がサインをしている間中露骨に顔を歪めながら部屋の中を眺め回している。

「それにしても、すんげぇところだな、ここ。俺も長いこと引っ越し屋やってるけど、こんなアパートは久しぶりだよ。まだあったんだな、こんなアパート」

「……はぁ」

信吾がサインをして伝票を返すと、引っ越し屋はそれを無造作に胸ポケットに押し込んだ。

「じゃあな、兄ちゃん。勉強、ちゃんと頑張れよ」

「はい。ありがとうございました」

引っ越し屋は、軽やかな足取りで階段を駆け下りていく。部屋のドアを閉めた信吾は、部屋の空気を入れ替えようと南に面した窓に手をかけた。古くなった窓はガタンガタンと音をたて、あっちこっちに引っかかりながら開いた。窓からは、引っ越し屋のトラックが真っ黒い排気ガスを撒き散らしながら走り去っていくのが見えた。

信吾は東京の大学に通うために北海道から上京してきた。何も好き好んでかえで荘を借りたわけではない。信吾だってトレンディドラマに登場するような、お洒落でかっこいい部屋に住みたかったのだ。しかし、物件を探しはじめた午前中でその夢は無残にも崩れ落ちてしまった。あんな部屋など、どこにもない。仮にあったとしても、自分が希望する家賃の額では到底借りられるわけがない。そこで信吾は、相場よりもかなり安い家賃で借りられるかえで荘に決めたのだ。6畳2間のおんぼろアパート。ここから、信吾の東京生活がスタートする。

信吾は引っ越し荷物の整理をしようと振り返った。とその時、誰かが部屋のドアをノックした。誰だろう。上京したばかりの自分を訪ねてくるような知人などはいないはずだ。ドアに取りつけてある菱形の磨りガラスには、人影らしきものが映っている。大家か、不動産屋か、それともさっきの引っ越し屋だろうか。信吾は手垢で鈍く輝く金色だったはずのドアノブを摑み、部屋のドアをゆっくりと開けた。

ドアの向こうには、見知らぬ男が立っていた。男は膝の抜けたスウェットを窮屈そうに穿き、その上にはくたびれた深緑のジャンパーを羽織っている。中年太りなのか、下っ腹がたぷんと前に突き出ている。のっぺりとした顔に口髭をたくわえた男は、信吾と目が合うと屈託のない人なつっこい笑みを浮かべて言った。

「よう」

「……はぁ」

「俺、隣の203号室に住んでる田所清二。清さんて呼んでくれ」

「……はぁ」

「ちょっといいか?」

清さんは部屋の中を顎で指しながらそう言った。信吾は突然のことに思わずうなずいた。

清さんはニヤリと笑い、まるで自分の部屋にでも帰ってきたかのようにずかずかと上がり込

んだ。ぐるりと部屋の中を見回して、

「荷物があんまりねぇと、広く見えんな、このおんぼろアパートもよ」

そう憎まれ口を叩いた清さんは、図々しくも窓際にどっかと座った。この部屋の中で一番日当りのいい場所だ。信吾は清さんと少し距離をおいて座った。清さんは春の優しい日差しを背中にたっぷりと受けながら、

「で、あんたの名前は？」

「谷口信吾です。東京の大学に通うために北海道からきました」

「ほぉ。それは、えれぇ遠くからきたもんだな。それにしても、随分と変わり者だな、あんたも。こんなおんぼろアパートに住もうなんてよ」

「家賃が安かったものですから」

信吾がそう言うと、清さんは吐き捨てるようにぽつりと呟いた。

「そりゃ、そうだろうよ。あんなことがあったんだ。高くしようがねぇもんな」

「え」

思わず信吾は小さく声を上げた。清さんの聞き捨てならない言葉に、信吾は恐る恐る尋ねた。

「……あんなことって、何ですか？」

「え！　ひょっとして、何も知らされないでここに引っ越してきたのか？」

「そうか。それはそれはお気の毒さま」

そう言って清さんは、不自然に信吾から目をそらした。慌てて信吾は清さんに詰め寄った。

「何ですか、清さん。気になるじゃないですか。教えてくださいよ。このかえで荘で、何があったんですか?」

「引っ越してきたばかりのいたいけな青年に、こんなこと言っちまっていいのかな。俺も、罪つくりな男だよな」

清さんはもったいつけるように、わざとらしく視線を泳がせた。体育座りをしていた信吾は、左右のお尻を交互に前に出して清さんに近づいていった。

「ますます気になるじゃないですか。お願いしますよ、清さん。教えてくださいよ」

「あんた、どうしても聞きたいか?」

清さんの目があやしく光った。信吾は生唾をゴクリと飲み込んで、

「……はい」

「それじゃ、教えてやろう。実はこの部屋で、自殺があったんだ」

「え! 自殺!」

信吾は体育座りの格好のまま、床から3センチメートルほど跳び上がった。清さんはゆっくりとうなずいて、畳を這うような低い声で話しはじめた。

「あんたがくる前に、この部屋には若い刑事が住んでいたんだ。確か、32歳って言ってたかな。刑事はその頃山手線に出没していた『女スリ事件』の担当になったんだ。1ヵ月にもおよぶ張り込みの甲斐あって、刑事はやっと女スリを捕まえることができたんだ。取り調べがはじまり、刑事は女スリの哀れな身の上話を、くる日もくる日も真剣に聞いてやったんだ。やがて刑事は自分の中で、女スリに対する同情が愛情に変わっていることに気がついた。刑事は悩んだ。そりゃそうだよな。刑事と容疑者の恋が許されるはずねぇもんな。気がつくと刑事は女スリの手錠を外し、この部屋に逃げ込んでいたのさ。そしてふたりは抱き合ったまま、手首を切って自殺したんだよ」

「……そんなことがあったんですか」

清さんはゆっくりとうなずいた。片頬に薄い笑みを浮かべて、

「ほら、あんたが今座ってる場所。ちょうどそこで、ふたりが死んでいたのさ」

「ひぇ〜!」

信吾は体育座りの格好のまま、今度は床から10センチメートルほど跳び上がった。すると突然、信吾の様子を見ていた清さんが仰向けにひっくり返ってケタケタと笑いはじめた。

「がはは……。随分と臆病だな、あんたも。嘘、嘘。全部、つくり話しだよ。安心しなって。がはは……」

「……清さん」

「かえで荘に10年住んでる俺が言うんだから間違いねぇって。このかえで荘では、誰も自殺なんかしてねぇよ。がはは・・・」

「驚いた。つくり話だったんですか」

「悪い、悪い。あんまり真剣に俺の話を聞いてくれるもんだからさ、嬉しくなっちまって、ついつくり話しちまった。俺、創作能力があるのかな。あまりの恐さに自分でも鳥肌が立っちまったよ、ほら。がはは・・・。その目がいけないんだぜ。何かを期待しているようなその目がさ。がはは・・・」

清さんは信吾の驚いた顔がよほど嬉しいらしく、子供のように床を這いつくばりながら笑い転げている。信吾は座り直し、唇をつんと尖らせて言った。

「で、何の用ですか?」

「え」

「用があるから、きたんじゃないんですか?」

「あ、そうそう。タオル持ってきた?」

「・・・タオル?」

「そう、タオル。俺、これから銭湯にいこうと思うんだけどさ、どうせだったら新しいタオルの方がいいじゃない。で、持ってきたのかなぁと思って寄ってみたんだけどさ。ひょっとして持ってきてないの、タオル」

「はい。……でも、どうして僕がタオルを持ってこなきゃならないんですか？」

信吾がそう尋ねると、清さんは自慢の口髭を触りながら呆れ顔で言った。

「あんたさ、引っ越してきたんだろ、ここに」

「……はぁ」

「だったら、タオルでしょうに」

「……」

「親に言われなかった？　タオルの1本でも持ってご近所に挨拶にいきなさいって」

「……はぁ」

「それって、常識だと思うんだけどな。いいんだよ、俺は。タオルの1本でガタガタ言うような小さな人間じゃねぇからよ。でも、いるのよ。そういうのに細かい奴が、このかえで荘にはさ」

「……」

「誤解しないでよ。タオル欲しさに言ってるわけじゃないのよ。タオルの1本でガタガタ言われたら、あんたがかわいそうだと思うから言ってるのよ、俺は」

「……はぁ」

「別に、タオルにこだわってるわけじゃねぇけどさ。ま、タオルくらいがいいとこなんじゃないの、挨拶にはさ。さてと……」

そう言って清さんは立ち上がった。その拍子に、前に突き出した下っ腹がぷるるんと揺れる。

「ほんじゃ、銭湯にでもいくとするかな。一番風呂は気持ちいいぜ。あ、そうだ。あんたも一緒にどうだい、一番風呂」

「せっかくですけど、また今度にします。荷物の整理もありますから」

「そうか」

挨拶のつもりなのだろうか、清さんは肉づきのいい右手をひょいと持ち上げた。そして、どすんどすんと床を踏み締めながらドアの方に向かってまっすぐに歩きはじめた。ドアノブを握り、ややあってくるりと振り返る。

「じゃ、また今度な」

「はい。また今度」

「あんた。今、何て言ったんだ?」

ぶ厚い瞼の奥で、清さんの黒い瞳がまたもやあやしく光った。

「……また今度って、言ったんですけど……」

「がはは……。嬉しいこと言ってくれるじゃねぇの。がはは……。じゃ、また今度」

清さんは念を押すようにそう言って部屋を後にした。何気なく言った信吾の一言が、後で大変なことになることなどその時の信吾はまだ知らなかった。

引っ越し荷物の整理は2時間ほどで終わった。潰したダンボール箱を紐で括り、信吾は大きく息を吐いた。両手を腰に当てて部屋の中をぐるりと見回す。そういえば生活雑貨がない。確か、駅前に大きな商店街があったはずだ。

信吾は生活雑貨を買いにいこうと部屋の外に出た。キーホルダーにつけたばかりの鍵をポケットから取り出し、鍵穴に差し込む。しんと静まり返ったかえで荘の廊下に、がちゃっと鍵がかかる確かな音が響いた。

信吾は建てつけの悪い軋む階段を下り、玄関へと向かった。玄関の脇には、汚れとカビが染めたような黒ずんだ下駄箱がある。２０３号室と書かれた下駄箱には、清さんのピンク色だったはずのスリッパが無造作に置いてあった。

信吾はスニーカーに履き替え、かえで荘の表へと出た。春だというのに夕暮れの風はまだ肌寒い。冷たい風を肌に感じながら、信吾は駅前に向かって歩いた。交通量の多い通りを渡り、細い道を左に折れる。そこから駅までの３００メートルほどの直線道路が、この町で最大の商店街だ。

煎餅、古本、おはぎ、惣菜……。商店街は、この町の経済を担っていると言わんばかりの勢いで活気づいている。大型スーパーでの買い物しか経験のない信吾の目には、その光景が新鮮に映った。信吾は雑貨屋でゴミ箱とスリッパを、電気屋で炊飯器を、コンビニで台所洗剤とかえで荘の住人に配るタオルを買った。これで、とりあえずの生活はできるだろう。必要になれば、その都度買い足せばいい。

荷物を両手にぶら下げて、信吾はかえで荘に向かって歩いた。通りに出ると、スモールライトを点灯する車が目立ちはじめた。辺りはさっきよりも大分暗くなってきたようだ。寒さも一層厳しくなってきた。信吾は足早に横断歩道を渡った。

細い道に差しかかり何気なくかえで荘を見上げた信吾は、あまりの不気味さに思わず立ち止まった。昼も充分不気味だけれど、夜のかえで荘はその不気味さに一層磨きがかかっている。信吾は大きくため息をつき再び歩きはじめた。

かえで荘の玄関でスニーカーを脱いだ信吾は、買ったばかりのスリッパに履き替えた。思ったよりも履き心地がいい。２０２号室と書かれたプレートのある下駄箱に、その脱いだスニーカーをきちんと揃えて置く。信吾はウグイス張りのような階段をゆっくりと上りはじめた。

とその時、悪魔のようなけたたましい笑い声が信吾の耳を襲った。はて、どこかの部屋で宴会でもしているのだろうか。階段を上りきった信吾は、２階の廊下を自分の部屋を目指して歩き出した。不思議なことにその笑い声は、歩く速度と一緒に大きくなっていく。信吾の体の中を得体の知れない不安が走った。どうやらその声は２０２号室、つまり自分の部屋から していているようなのだ。しかも、信吾の悪い予感を決定づけるかのように、色とりどりの履き込んだ4人分のスリッパが、202号室のドアに向かって放射状に脱ぎ捨ててある。

信吾は慌てた。震える手でドアノブを回すと、鍵をしたはずのドアが何の抵抗もなく悲しいほどすんなりと開いた。

「ななな何だ……」

その途端、開け放ったドアの間から熱気を帯びたむせ返るような湯気が噴き出してきた。見ると、テーブルの上には卓上コンロ。そしてその上には、寄せ鍋がきちんとセットされている。ぐつぐつと音をたてて泡ぶくを放出している寄せ鍋を囲みながら、見ず知らずの4人の男女が真っ赤な顔で騒いでいるのだ。まさに、宴会の真っ最中といった感じで。信吾は思わず持っていた荷物を床の上に落とした。にも関わらず、笑い声は止まる気配すらない。

「おう。こっちだ、こっち」

笑い声の合間から聞き覚えのある声がした。声のする方へと視線を走らせた信吾は口をぽかんと開けたまま、凍りついたように動けなくなった。視線の先には真っ赤な顔をした清さんがいたのだ。

「……清さん」

「随分、遅かったな、信吾」

さっき逢ったばかりだというのに、もう呼び捨てだ。

「……遅かったなじゃないですよ。何なんですか、これ？」

「見ればわかるだろ。信吾の歓迎会よ」

「歓迎会って。困りますよ、僕の部屋で勝手にやられちゃ。大体、どうやってこの部屋に入ったんですか？　確か鍵はかけたはずなのに……」

「ああ。確かに鍵はかかってたよ」

「じゃ、どうやってここに？」

「かえで荘の6部屋の鍵は、み～んな同じなのよ」

「え」

「かえで荘に鍵は必要ねぇんだよ。盗みを働くようなふてぇ野郎は、このかえで荘にはいねぇからな。それに鍵なんかねぇ方がかえって安全なのよ。鍵が同じだと、みんなの部屋に自由にいききできるだろ。不法侵入者がいたら直ぐにわかっちまうのよ。つまり、俺たちひとりひとりがセキュリティーシステムってわけよ。がはは……。だから信吾も鍵なんかするんじゃねぇよ。みずくせぇ」

「そういう問題じゃないでしょ」

「そんなことよりもよ。信吾があんまり遅ぇもんで、みんな、でき上がっちまったぞ」

「みんなって、誰なんですか？」

「あ、そうか。まだ、みんなのこと知らなかったよな」

そう言って清さんはぽんぽんと手を叩き、口のまわりをメガホンのように手で囲った。

「注目〜！」

清さんが声を張り上げると、あれほど飛び交っていた笑い声が嘘のようにぴたりと止まった。みんなは飼い慣らされた猛獣のように、清さんをじっと見つめている。清さんはみんなの間を縫うようにして、信吾の側にやってきた。アルコール臭い息を辺り構わず吐き散らしながら、

「新しい仲間を紹介する。２０２号室の谷口信吾だ。みんな、面倒みてやってくれよな」

清さんがそう言うと、辺りからどっと拍手が沸き起こった。清さんは例の人なつっこい笑みを浮かべながら、信吾の肩をぽんと叩いて言った。

「ほら、信吾。挨拶だ」

「…挨拶って？」

「挨拶ったら、挨拶だよ」

「……」

信吾は勝手にことを運ぶ清さんを、珍しい生き物でも見るような思いで呆然と見つめていた。信吾の思いを他所《よそ》に、清さんはむしろ当然といった感じで、

「どうした、どうした、信吾。今にも泣き出しそうな顔してよ、情けねぇ。挨拶回りするのが大変だと思うから、こうしてかえで荘のみんなを、集めてきてやったんじゃねぇかよ。何だ、挨拶も満足にできねぇのか。どういう教育を受けてきたんだろうね、まったく。しょう

がねぇな、もう。じゃ、みんなの方から自己紹介といくか。そうだな、トップバッターは多聞だ」

清さんがそう言うと、清さんの左隣で胡座《あぐら》をかいていた多聞さんがゆらりと立ち上がった。丈夫そうなエラが左右に張り出していて、下駄のような四角形の顔をしている。多聞さんは忙しそうに手足をばたばたと動かしながら声を張り上げた。頭のてっぺんに生えたひな鳥のようなぷよぷよの髪が、体の動きに合わせて小さく揺れている。

「はいっ、はいっ、はい〜っ！　１０３号室に住んでる、間宮多聞、37歳で〜す！　はいっ、はいっ、はい〜っ！　仕事は、漫談師をしていま〜す！　はいっ、はいっ、はい〜っ！　芸名は『ナンシー多聞』で〜す！　はいっ、はいっ、はい〜っ！　でも、ウレてませ〜ん。はいっ、はいっ、はい〜っ！」

耳の穴に指を突っ込んだ清さんがしかめっ面をしながら、

「うるせぇな、もう。そんなに怒鳴らなくったってちゃんと聞こえるよ。ここは営業先のキャバレーじゃねぇんだぞ。人前に出るとこれだもんな。もっと普通にできねぇのかよ、普通によ」

「はいっ、はいっ、はい〜っ！」

「だから、それがうるせぇってんだよ。また、近所から名指しで苦情がきちまうぞ。あの、はいっ、はいっ、はい〜っていう奴がうるせぇってよ」

「バツイチで〜す。はいっ、はいっ、はい〜っ！」

「誰がそんな立ち入った話をしろって言ったよ。その、はいっ、はいっ、はい〜ってぇのをどうにかしろって言ってんだよ」

「はいっ、はいっ、はい〜っ！」

多聞さんと清さんのかけ合いを聞きながら、かえで荘のみんなはどっとウケている。ぽかんと口を開けた信吾に、清さんは真っ赤な顔を近づけて言った。

「地方じゃこんなバカ明るい芸風がウケるんだとさ。俺にはうるせぇだけだけどね。わかんねぇもんだよな。ま、こんなうるせぇ奴だけども、よろしく頼むわ。じゃ、次は満作」

多聞さんと入れ替わりに満作さんが立ち上がった。満作さんは小柄な老人で、渋い色合いの着物を着ている。お月さんのようなまんまるの顔に生えた白髪混じりの口髭を撫でながら、満作さんは嗄れた声で言った。

「102号室に住んでおる林田満作、60歳じゃ。職業は文筆業を営んでおる。いわゆる小説家じゃな。ところで信吾君。小説は好きかな？」

「……はぁ」

「それは結構。小説はどんどん読んだ方がいい。小説は読む人の心を豊かにしてくれるからな」

満作さんは自分の言葉に酔っているのか、うっとりとした顔で遠くを見つめている。する

と清さんが呆れ顔で、

「小説ったって、満作の書いてんのはエロ小説だろ。別に心は豊かにならないと思うんだけどな、あんなエロ小説で」

「失敬な！　どんな小説だろうとよい作品は読む人の心を豊かにするぞ。それからな、前から言おう言おうと思っとったんじゃが、エロと言うのはやめてくれんかの、エロと言うのは。官能小説というりっぱな名前があるんじゃからの」

「何だっていいじゃねぇか、呼び方なんてよ。書いてる内容はエロなんだから」

清さんの言葉に満作さんはぷいと脹れた。そんなこともお構いなしに、清さんはこれ以上ないといった笑みを浮かべ、

「信吾。満作のペンネーム、知ってるか？　辻本樹里亜《つじもとじゅりあ》って言うんだぜ。笑うだろ、これ。がはは……。60歳のじいさんが、辻本樹里亜だもんな。がはは……。それから満作の奴、週刊誌に『赤いガーターベルトの女』っていう連載もののエロ小説書いてるんだけどよ。そのエロ小説にはちゃんとモデルがいるのよ。そのモデルってぇのが、今年58歳になるガールフレンドのトキばあさんなんだってよ。若い頃は村祭りの女相撲大会で、6年連続優勝したっていうもの凄い女よ。体つきだって関取ばりの、りっぱなあんこ型なんだから。その女がガーターベルトだもんな。それって詐欺だよな。ばれたら刺されちまうから気をつけた方がいいぜ、満作よ。がはは……」

「刺されなきゃならんようなことなど、何ひとつしておらんわ。わしは、小説にリアルを追求しておるだけじゃ。リアル、リアル、リアル。リアルなんじゃよ、文学は」

「がはは……。文学がトキばあさんねぇ……。そんじゃ俺、一生文学なんかわかんなくたっていいや。がはは……」

清さんがそう言って笑うと、かえで荘のみんなは一斉に腹を抱えて笑った。満作さんは唇をつんと尖らせ、不貞腐れたようにでんと床に座った。ひとしきり笑った清さんは目にいっぱい涙を溜めて、

「こんなじいさんだけど、よろしく頼むわ。じゃ、次はクマケン」

「ちょっと。何よ、そのクマケンて！」

ショッキングピンクの派手なドレスを着たクマケンさんが脹れっ面で言った。女のわりにクマケンさんは、顔や手がゴツゴツと骨張っている。髪は背中までのワンレングスで、甲高い声にはどことなく芯があるようだ。半開きの目をしたクマケンさんは頬杖をつきながら、

「ジョセフィーヌっていうキュートな名前があるんだから、ちゃんとジョセフィーヌちゃんて呼んでよね」

「いつから外人になったんだよ、お前は。何がジョセフィーヌだ。お前には熊倉健太っていうりっぱな名前があるだろうが」

「……熊倉……健太……？」

信吾は思わず声を上げた。すると清さんは意外にもあっさりと、

「ああ。クマケンはオカマなんだよ」

「……」

信吾は驚きのあまりぽかんと口を開けたまま固まった。信吾の驚きを他所に、クマケンさんは満面に笑みをたたえて軽やかに立ち上がった。体に張りつくようなピチピチのドレスの裾からは、黒い下着が覗いている。クマケンさんは両手でドレスの裾を握りしめ、お尻を左右に振りながらたくし上がったドレスを直した。両手をぴんと伸ばして、

「はじめまして。201号室に住んでるジョセフィーヌ。ピッチピチの24歳よ。新宿2丁目にあるエンジェル・キッスっていうお店にいるので、一度遊びにいらしてね。安くしておくから。それから信吾ちゃん。悶々として眠れない夜は、私のお部屋に是非いらっしゃいね。たっぷりと女を教えてあげるわよ」

そう言ってクマケンさんは口を半開きにして、アイシャドーをたっぷりと塗った目でウインクした。

「おいおい、クマケン。お前、いつから女になっちまったんだよ。確かお前、6年前にかえで荘にやってきた時は陸上自衛隊の隊員だったよな。そう言えば、朝晩俺に敬礼してたよな、お前」

清さんは声を弾ませてそう言った。するとクマケンさんは、さっきまでの勢いは嘘のよう

に力なくその場に座り込んだ。膝を抱えてぽつりと呟くように言った。

「…転がる石は早かった、ってことかな」

「がはは…。生きてりゃ色々あるよな。がはは…。信吾。こんな奴だけども、よろしくな」

そう言って清さんは、指を折りながらみんなの頭数を数えはじめた。

「ひい、ふう、みい…。あれ、ひとり足りねぇな。誰だ？」

清さんがそう言うと、かえで荘のみんながにわかにざわつきはじめた。とその時、ドアの方から尖った声が飛んできた。

「…僕です」

「一平！」

かえで荘のみんなは一斉に声を上げた。見ると、花柄の派手などてらを着た一平さんが、賑れっ面で立っていた。何やら、おしんこのようなものの載った小皿を持っている。一平さんは肩まである長い髪をかき上げながら、

「ひどいじゃないですか、みなさん。僕にないしょで宴会をやるなんて。ちゃんと僕のことも誘ってくださいよ」

そう言って一平さんはずかずかと部屋に上がり込んできた。信吾をどんと押し退けて、多聞さんとクマケンさんの間に腰を下ろす。清さんは頭を掻きながら、

「今、信吾の歓迎会をやってたとこなんだ。うっかりしてお前を呼ぶのを忘れちまった。勘弁してくれ。がはは……。でも一平、よくここがわかったな」

「はい。晩ご飯を食べようと思ってた時のことです。おしんこにかける醤油が切れていることに僕は気づいたんですよ。みなさんもご存知のこととは思いますが、僕って結構グルメじゃないですか。生まれた時から、おしんこには醤油なんですよね。そこで醤油を分けてもらおうと、みなさんの部屋にいったんですが誰もいらっしゃらない。2階にきてみたら、この202号室に向かってみなさんのスリッパが脱ぎ散らかしてあるじゃないですか。で、ドアを開けてみたというわけです」

「ちょうどよかった。みんなで、自己紹介をしてたところなんだ。一平、お前の番だ。自己紹介しろよ」

一平さんは立ち上がり、牛乳瓶の底のような眼鏡を指で持ち上げて言った。

「僕、101号室に住んでる金子一平、22歳です。わけあって、今は予備校に通っています」

「カッコつけるなよ、一平。素直に、大学に落ちたと言えばいいじゃろ」

と、満作さんがちゃちゃを入れる。すると一平さんが目をつり上げて、

「その辺の、三流大学に落ちた浪人生と一緒にしないでください。僕の目指してる大学は、何てったって天下の東京大学なんですから」

「バカ。落ちた大学を自慢してどうすんだよ。がはは……」

清さんの言葉に、かえで荘のみんなは一斉に笑った。一平さんはだらりとたれ下がった長い髪をかき上げながら、

「だから、頑張っているんじゃないですか。落ちたという現実ばかりに囚《とら》われて、ロマンがないですね、みなさんは」

ふくみ笑いを浮かべた一平さんは、ずり落ちた眼鏡を指で持ち上げた。やにわに信吾に視線を走らせて低い声で言った。

「信吾君とかと言いましたね」

「……はぁ」

「信吾君にだって、かなえたい夢のひとつやふたつはあるはずです。夢はかなえられるためにこの世に生まれてきたのです。信吾君、そうは思いませんか？」

「……はぁ」

「夢を殺しちゃいけません。夢を殺すことは神に対する最大の冒瀆《ぼうとく》です。だから信吾君。君もロマン教に入信して、大いに夢を語ろうではありませんか……」

一平さんは身振り手振りを交えて、何かに憑《つ》かれたように夢中で話しをしている。呆れ顔の清さんは、信吾にだけ聞こえるような小さな声で言った。

「一平の奴、4浪で頭がおかしくなっちまったんだ」

「え」

「4回目の不合格通知を受け取った翌日だったかな。菩薩様だか何だかが枕もとに立って、ロマン教を広めるようにって言ったんだってよ。信心するのは勝手だけども、迷惑な話だよな、まったく」

「清さん！」

見ると、わなわなと体を震わせた一平さんが、目をつり上げて睨みつけている。清さんに人差し指を突きつけ、

「ロマン教を侮辱すると、天罰が下りますよ！」

「おお、恐っ。そんなに怒んなって、一平。バカになんかしてねぇぜ、俺。でもよ、一平。俺、どうしてもわからねぇことがひとつだけあるんだけどよ。お前、東大に合格するためにロマン教をしてるんだよな」

「もちろんです」

「お祈りする時間があるんなら、勉強した方がいいと思うんだけどな、俺」

清さんがそう言うと、かえで荘のみんなは笑い声を上げて転げ回った。一平さんはぷいと脹れて床に座り、脹れっ面で膝を抱えた。清さんは信吾の方に向き直り、

「で、俺は田所清二、42歳。仕事はカメラマン。スーパーのチラシ専門だけどな。え〜と、これでかえで荘全員が揃ったってわけだな。信吾を加えた6人がかえで荘の全住人てわけだ。ま、よろしく頼むわ」

そう言って清さんは、やにわに天を仰いで声を張り上げた。

「向こう三軒両隣。ひとつ屋根の下で暮らしてるんだ。みんな、仲良くやろうぜ！」

「うぉぉぉ！」

清さんの言葉を合図にかえで荘のみんなは声を張り上げた。漫談師の多聞さん、エロ小説家の満作さん、オカマのクマケンさん、東大4浪の一平さん、それに、しきり屋の清さん。酒を酌み交わすかえで荘の猛獣をぼんやりと見つめながら、信吾はかえで荘に入居したことを少しだけ後悔した。


けたたましく鳴り響く太鼓の音で、信吾は無理やり起された。枕もとの目覚まし時計に目をやると、時計の針は朝の6時を指している。信吾は眠い目をこすり、建てつけの悪い窓を勢いよく開けた。窓の下ではトレパン姿のクマケンさんがラジオ体操をしている。どうやら騒音の犯人はクマケンさんではないようだ。

信吾は耳を澄ました。よく聞くと、太鼓の音に混じって何やらお経らしきお祈りの声がする。どうやらその音は一平さんの部屋から聞こえてくるようだ。おそらく、ロマン教の朝の儀式なのだろう。昨日清さんが言っていた迷惑な話という言葉の意味が、やっと信吾にも飲み込めた。

呆れ顔で窓を閉めた信吾は、再び布団に潜り込んだ。しばらくするとロマン教の朝の儀式は終わったらしく、お祈りと太鼓の音はぴたりと鳴り止んだ。

平和な朝の訪れに、信吾は布団の中でほっと胸を撫で下ろした。すると突然、ドアの方からバタンというもの凄い音がした。何だろう、と思う間もなく信吾の寝ている布団に誰かが飛び込んできた。

「ひぇ〜！」

信吾は掛布団ごと、10センチメートルほど跳び上がった。人の形に盛り上がった掛布団は、ぶるぶると小刻みに震えている。布団から転げ落ちた信吾は、恐る恐る掛布団をめくった。すると、手を合わせた満作さんが布団の中から現れた。

「ま満作さん」

「信吾君。すまんが、匿《かくま》ってくれんかの」

「一体、どうしたんですか？」

よく見ると満作さんの左頬には、爪で引っ掻いたような傷跡がある。額にも大きなたんこぶがあるようだ。満作さんは恥ずかしそうに顔を赤らめて、弱々しい口調で言った。

「恥ずかしい話なんじゃが、トキばあさんとケンカしてやられちまったんじゃよ」

「トキばあさんて、満作さんのガールフレンドの？」

「ああ。わしがトキばあさんをモデルにして、小説を書いておるのは知っとるじゃろ。その小説の主人公に、わしは不倫をさせたんじゃ。もちろん小説の中の話じゃよ。フィクションじゃよ、フィクション。なのにトキばあさんときたら、その小説を読んで突然怒り出したんじゃよ。おそらく、カッと頭に血が上って虚像と現実の区別がつかなくなっちまったんじゃろな」

「でも満作さんは、不倫はしていないんでしょ」

「ああ。こう見えてもわしは一途じゃからの。トキばあさん、オンリーじゃ」

「だったら、不倫をしたのは小説の主人公で自分じゃないということを、はっきりと言えばいいじゃないですか」

「もちろん、言ったよ。民主主義の基本でもある表現の自由をトキばあさんは暴力でねじ伏せる気なのか、ともな。……だが、無駄じゃった」

満作さんは、額のたんこぶをさすりながら寂しそうに続けた。

「女相撲大会で6年連続優勝したことのあるトキばあさんの前じゃ、どんなペンも太刀打ちできんのじゃよ。ペンは剣よりも強しなんてあんなデタラメ、誰が言ったんじゃろ」

満作さんはがくりと肩を落として深いため息をついた。とその時、

「出てこい！　満作〜！」

と、チンポコが縮み上がるようなドスの利いた低い声が、廊下から飛んできた。信吾と満作さんは、思わず布団の中に潜り込んだ。信吾は声を殺して、

「何ですか、あれ？」

「トキばあさんじゃ。見つかったら、わしゃ殺されちまうよ。だから信吾君。すまんが、匿ってくれ」

満作さんは信吾の手を握り、敷き布団に額をこすりつけるようにして言った。トキばあさんにこんなところを見られたら、自分だってただじゃすまないだろう。でも、同じアパートに住む住人が、こうして助けを求めているのだ。無下に断わることなどできはしない。信吾は満作さんの手をぎゅっと握り返した。

「はい。わかりました。だから満作さんも、頑張ってください」

固い約束を交わしたのも束の間、ふたりが潜り込んでいた掛布団は誰かの手で呆気なく持ち上げられた。満作さんは半ベソをかきながら怯える声で言った。

「トトトキばあさん」

見ると、浅黒い顔に薄い笑みを浮かべたトキばあさんが、掛布団を片手に立っていた。女相撲大会で6年連続優勝を果たした実績は伊達ではなく、腕などは丸太ん棒のように太い。トキばあさんは掛布団を床に叩きつけ、指をぽきぽきと鳴らした。

「おや。こんなところにいたんだねぇ。随分捜したよ、満作じいさん。さあ、部屋に帰って、た～っぷりと話を聞かせてもらおうかねぇ」

トキばあさんは満作さんの襟首を鷲掴みにして、ひょいとばかりに持ち上げた。満作さんの小さな体が引力に逆らってふわりと宙に浮いた。満作さんを持ち上げたまま、トキばあさんはドアの方に向かってのっしのっしと歩きはじめた。つり上げられた満作さんは、普段と何ひとつ変わらぬ調子で言った。

「信吾君、邪魔したの。わしのことなら心配いらんよ。慣れとるから」

「…満作さん」

「すまんが、かえで荘のみんなに伝えといてくれんかの。満作は、りっぱに死んでいったと……」

満作さんの言葉も終わらぬうちに、ドアはもの凄い勢いで閉められた。満作さんの引っ掻き傷とたんこぶは間違いなく増えるだろうな、と信吾はぼんやりと考えていた。

すっかり眠気の吹き飛んでしまった信吾は、布団を押入れに仕舞い、着替えをすませてトイレに向かった。かえで荘の各部屋にトイレはなく、玄関の脇に共同トイレがひとつあるだけだ。一足ごとに音が鳴る階段を下り、トイレという貼紙がしてあるドアの前で信吾は歩みを止めた。ドアをノックすると、ノックの音が返ってきた。信吾は階段に腰を下ろし、少し待つことにした。するとトイレの隣のドアがゆっくりと開き、髪をだらりとたれ下げた一平さんがぬっと現れた。

「信吾君。ただ今、トイレはクマケンさんが使用中ですから、待っていても無駄ですよ」

「え」

「クマケンさんは、13分30秒。5分前に入りましたから、あと8分30秒は出てきません」

「……はぁ」

「クマケンさんが出たからといっても、信吾君は入れませんよ。クマケンさんの次は多聞さん、その次は僕と決まっていますので、信吾君は20分後にお願いします」

「トイレに、順番があるんですか？」

「当然です」

一平さんはずり落ちた眼鏡を指で持ち上げながらぴしゃりと言った。牛乳瓶の底のようなレンズの向こう側で、一平さんのつぶらな瞳がきらりと光る。

「いいですか、信吾君。かえで荘という共有の空間で、僕たちは暮らしているのですよ。ルールがあるのは当然です。ましてや、1秒たりとも無駄にできない朝にはトイレにだって順番は必要です。このかえで荘に入居した以上は、信吾君にもかえで荘のルールに従ってもらいますからね」

「……はぁ」

「ですが、出物腫物所嫌わずと言います。どうしても、我慢できない場合もあるでしょう。その時は、かえで荘の裏にあるひだまり公園のトイレを使用してください。では」

そう言い終わると、一平さんは部屋のドアをもの凄い勢いで閉めた。しばらくすると、再びもの凄い勢いでドアが開き、

「それから、もうひとつ。ロマン教に入信したい時は遠慮せずに言ってください。ロマン教

は、すべての人に門を開いていますから。では」

言い終わると一平さんは、さっきにも増して勢いよくドアを閉めた。何と身勝手な人なのだろう。今朝などは、一平さんの叩く太鼓の音で起されてしまったのだ。あんな近所迷惑な人に、偉そうにルールを語る資格などない。あんな人が教祖のロマン教に、誰が入信などするものか。ひとり取り残された信吾は腰を上げ、かえで荘を後にした。

しばらく歩くと、一平さんが言っていたひだまり公園があった。キャッチボールや砂遊びをする数組の親子の姿が見える。信吾は急いでトイレに駆け込んで用をたした。

バンダナで手を拭きながらトイレから出てきた信吾の目に、ベンチに座る清さんの姿が飛び込んできた。信吾は思わず足を止めた。陽気なはずの清さんの様子が、昨日とは随分違うのだ。キャッチボールをしている親子に向けた清さんの優しい眼差しの奥に、深い悲しみが宿っているのを信吾は見逃さなかった。信吾は声をかけることすら躊躇《ちゅうちょ》した。

人の気配を感じてか、清さんは信吾に視線を向けた。信吾の姿を認めると、清さんは慌てていつもの人なつっこい笑みを浮かべた。

「よう、信吾。随分と早ぇな」

肉づきのいい腕を振り上げて手招きをしている。信吾は清さんの座っているベンチに腰を下ろした。

「ええ。まあ」

「がはは……。一平の太鼓の音で起されたんだろ」

「はい」

「がはは……。そのうち慣れるさ。俺も、そうだったんだから」

「そんなものですかね」

「ああ。そんなもんさ」

そう言って清さんは、キャッチボールをしている親子に視線を戻した。すると、清さんの足もとへ白いゴムボールが転がってきた。ぽんぽんと地面を跳ねたゴムボールは、徐々に速度を緩めて清さんの足もとでぴたりと止まった。ゴムボールの後を追っていた小さな男の子は清さんの前で足を止め、不安そうな顔で清さんを見上げる。清さんはゴムボールを拾い上げて言った。

「坊主、いくつだ?」

「5つ」

紅葉のような小さな手をぱっと広げて男の子が言った。

「そうか、5つか。坊主。父さんのことは好きか?」

「うん。だ〜い好き」

「そうか。だ〜い好きか」

嬉しそうにそう言った清さんは男の子にゴムボールを渡した。男の子はぺこりと頭を下げて、さっきまで自分がいた場所へと走っていった。清さんはその姿を、包み込むような優しい眼差しでいつまでも見つめていた。

信吾は入学式の行われているホールを後にした。次々に壇上に現れる偉い先生たちの退屈な挨拶に堪えきれず、入学式を途中で抜け出したのだ。信吾はチノパンのポケットに手を突っ込んで、駅に向かって歩きはじめた。

かえで荘に入居して2週間。信吾はかえで荘に住んでしまったことを、今ではすっかり後悔していた。常識という言葉がかえで荘にはまるでない。しかもそれは、当然のように存在していないのだ。それが信吾には不満でならなかった。この前だってそうだ。冷蔵庫に入れていたはずのりんごが、なくなっていたことがあった。その夜、信吾がトイレにいこうと廊下を歩いていたら、

「信吾ちゃん。これ、そこのスーパーで買わなかった?」

と、背後から聞き覚えのある声がした。振り返ると、ボロボロのジーンズにテロテロのTシャツを着た多聞さんが、信吾が買ってきたりんごを片手に持ちながらドアの側に立っていた。しかも、当然のように。多聞さんは、手に持った食べかけのりんごを軽く持ち上げて、

「あそこのスーパー、悪いものを高く売るってこの辺じゃ評判悪いんだよね。だから今度からは、商店街にある『八百新』ていう八百屋で買った方がいいよ」

そう言って多聞さんは、がぶりとりんごにかぶりつき、勢いよくドアを閉めた。世間一般から逸脱《いつだつ》したこの常識外れの行動は、何も多聞さんに限ったことではない。かえで荘のみんながそうなのだ。りんごを食べ損なった一平さんなどは、逢うたびに刺すような目で睨みつける始末なのだから手に負えない。

信吾は、かえで荘の近所づき合いを越えた並外れたつき合い方にどうしても馴染むことができないでいた。今日だって、かえで荘の錚々《そうそう》たるメンバーにエールで見送られてきたのだ。帰ったら帰ったで入学式はどうだったとか、彼女はできたのかとか、質問責めに合うことは間違いない。しかも、こんな時間に帰ったら何を言われるかわかったもんじゃない。そう考えただけで信吾は、まるでスニーカーの底に鉛でも埋め込まれたんじゃないかと思うくらいずっしりと足が重たくなっていくのを感じた。

横断歩道の前で信号待ちをしていると、信吾はふいに肩を叩かれて振り向いた。見ると、紺色地に白の水玉模様のワンピースを着た女が立っている。歳は信吾と同じくらいだろうか。女はカーディガンの下にある大きな胸を、恥ずかしそうに隠している。どこかで逢ったような気もするが、はっきりとは思い出せない。女は心配そうに信吾を覗き込み、消え入るような小さな声で尋ねた。

「……ひょっとして、谷口信吾君?」

「そう……ですけど……」

「やっぱりそうだ！」

そう言うと女は、信吾の腕に自分の腕を絡ませて嬉しそうにその場でぽんぽんと跳びはねた。その拍子に女の大きな胸が激しく上下に揺れる。すると突然、女ははしたないことでもしたかのようにさっと身を翻した。信吾がなおもきょとんとしていると、女は恥ずかしそうに信吾の顔を覗き込みながら言った。

「私、中学の時に転校していった小田島きらら。忘れちゃった？」

その時、信吾の脳裏をひとりの女が過《よぎ》った。中学時代のクラスメイトで、マドンナと呼ばれていた小田島きららだ。

その頃のきららは、他の女子生徒とはどこか違っていた。きゃぴきゃぴしたところがなく、淑《しと》やかでどこかしら大人びていた。そんなところに惹《ひ》かれ、気がつくと信吾はクラスの男子生徒と同じように、きららにほのかな恋心を抱くようになっていた。きららはクラスの男子生徒を苗字で呼んでいたのに、なぜか信吾だけは名前で呼んでいた。家が近所で、幼馴染みということもあったのだろうか。信吾はそれが何だかとても誇らしかった。きららに恋心を抱いていたクラスの悪ガキどもは腹立ちまぎれに、

「信吾ときららは、アッチッチだぁ～」

などと言っては、信吾のことをからかっていた。それからというもの信吾は、気持ちとは裏腹にきららを避けるようになっていった。

それは信吾の誕生日のことだった。下校途中の信吾を呼び止める声がした。振り返ると、そこには真っ赤な顔をしたきららが立っていた。きららは鞄の中から綺麗に包装した小さな包みを取り出した。そして呟くような小さな声で、

「お誕生日、おめでとう」

そう言ってそれを信吾に差し出した。信吾は包装紙を乱暴に破き、中から箱を取り出した。箱の中からは、手づくりのミッキーマウスのマスコット人形が現れた。小躍りしたいくらい嬉しかったのだが、どうしても素直には喜べず、おまけにあろうことか、

「もっと、ちゃんと縫えや」

と、そんな言葉が信吾の口を突いて出た。驚くほど冷たい言葉に、自分でも身震いするほどだった。そして信吾は鞄の中にそれを放り込み、何も言わず足早にその場を立ち去ってしまった。

家に帰り、早速もらったばかりのミッキーマウスのマスコット人形を鞄の中から取り出した。机の前の壁にピンを刺し、ミッキーマウスの頭から出た紐を括りつけた。きららが自分のためにつくってくれたマスコット人形を、信吾は飽きもせずに眺めていた。そのくせ学校ではきららと一言も口をきかなかった。それから1ヵ月もしないうちに、きららは東京に転校していってしまったのだ。

あの時のきららは、暴言を吐き足早に立ち去った自分の背中をどんな思いで見つめていた

のだろう。その思いが、抜けない棘《とげ》のように胸の奥深くに突き刺さっていた。

「きらら！」

「思い出した？」

「うん。……でも、どうしてきららがここに？」

「それは、こっちのセリフ。もう、びっくりしちゃった。明正和大学の入学式にいったら、信吾君がいるんだもの」

「え」

「私も同じ明正和大学なの」

　きららはそう言ってニコリと笑った。誰も知らない東京で知り合いに逢えるなんて。しかもそれがきららだなんて。信吾は心の中で神様に感謝した。信号が青に変わり、数人の通行人がふたりの横を怪訝《けげん》な顔で通り過ぎていった。明らかに通行の邪魔になっている。

「ここじゃ何だからさ、喫茶店にでもいって話さない？」

「うん」

　信吾の言葉にきららは大きくうなずいた。点滅する信号機に促され、ふたりは横断歩道を小走りに渡った。駅に向かってしばらく歩いていくと、古ぼけた木づくりの喫茶店があった。信吾は喫茶店を指さしてきららに尋ねた。

「ここでいい？」

「うん」

手垢で黒ずんだドアを開け、信吾ときららは店の中に入った。コーヒーを煎った香《こう》ばしい香りがぷうんと鼻をくすぐる。ふたりは隅のボックスに座り、コーヒーを2つ注文した。

「さっきはゴメン、気づかなくて」

「ううん。いいの」

そう言ってきららはグラスの水をゴクリと飲み込んだ。上下に動くきららの白い喉。あの頃よりもずっと大人になったきららを感じて、信吾はどきりとした。信吾は無理やり視線を外し、慌てて言った。

「よく僕のことがわかったね」

「だって信吾君たら、中学の頃と全然変わっていないんだもの」

「そうか。全然変わってないか」

「うん。変わっていない」

きららは小さく笑い、恥ずかしそうに信吾を見つめながらコーヒーを口に運んだ。きららは中学時代よりもずっと綺麗になっていた。そう感じたのは何も化粧のせいばかりではない。ぽっちゃりとしていた体から余分な贅肉は消え、すっきりとした印象を受ける。きららはコーヒーカップをソーサーに戻しながら、

「私は、変わったでしょ」

「うん。……変わった」

信吾は綺麗になったという言葉を、とっさに変わったという言葉に置き換えた。心の中をきららに覗かれるようで、何だか照れ臭かったからだ。

「実家は、まだ北海道なんでしょ」

「うん」

「東京にきてどれくらい？」

「2週間くらいかな」

「東京にはもう慣れた？」

「全然慣れないよ。だって、東京の地下鉄って迷路みたいになってるだろ。一旦どこかに出かけたら、もう二度と戻ってこれなくなるような気がして、おちおち外にも出かけられないよ」

「ははは……。それ、わかる。私もそうだったから」

そう言ってきららは楽しそうに笑った。信吾も何だか楽しくなった。東京にきてからはじめて笑ったような気がする。きららとの会話は時間を忘れさせた。

「今はひとり暮らし？」

きららの言葉に信吾は一瞬たじろいだ。かえで荘での暮らしは、ひとり暮らしというよりも6人暮らしといった方が近い。信吾の頭の中をかえで荘の錚々たるメンバーの顔が、まるでフラッシュバックのように浮かんでは消えていった。

「う……うん」

信吾は思わず曖昧な返事を返した。非常識きわまりないかえで荘での出来事を、すべてきららにぶちまけようとも思ったが信吾はやめた。久しぶりに逢ったきららに、泣きごとは言いたくない。

「ご飯は、ちゃんと食べてるの？」

「毎日、コンビニの弁当やカップラーメンばっかりだよ」

「そう」

くぐもった声でそう言ったきららは、目を伏せながら言葉を続けた。

「今度、信吾君の部屋へ、食事をつくりにいっていい？」

「え」

「……ダメ？」

きららは哀願するような目で信吾を見つめている。きららがかえで荘にきたら、かえで荘の全貌が明らかになってしまう。そうなったら、非常識きわまりないかえで荘の住人と僕とは同類と見られるに違いない。そうなれば絶対に嫌われる。間違いない。

「もちろん、きららのことは大歓迎さ。ただ、僕の住んでるアパートは恐ろしくおんぼろなんだ。そんなところにきららを連れてったら、きっと驚くんじゃないかと思ってね」

信吾は慌ててごまかした。すると、きららは大きく首を横に振った。

「私、そんなことくらいじゃ驚かない。信吾君の部屋にいってみたいの」

もうこれ以上、抗うことはできそうにない。かえってきららに変に思われてしまう。

「わかった。今度、何かおいしいものをつくりにきてよ」

信吾の言葉にきららはニコリと笑った。その瞬間、口もとからあの頃と変わらない八重歯がこぼれた。


授業が終わり、これといっていく当てのない信吾は、とうとうかえで荘のある駅に着いてしまった。次々に起こる非常識きわまりないかえで荘での出来事に、この頃では自分の部屋にいることすら恐怖を覚える始末だ。太陽は沈む様子もなく、しっかりと信吾を照らしている。どこかで時間をつぶそう。信吾は商店街にある本屋に立ち寄ることにした。建てつけの悪い引き戸を開け、信吾は店の中に足を踏み入れた。レジの向こう側にいる店主らしき男がいらっしゃいと言うでもなく、信吾に一瞥をくれただけで読みかけの本に再び目を落とした。

陳列棚の上には色とりどりの雑誌が、自分を誇示するかのように置かれている。信吾の目はふと満作さんの官能小説を掲載している雑誌に止まった。テレビからしばらく遠ざかっているような、落ち目のアイドルが表紙を飾っている三流雑誌だ。信吾はぱらぱらとページをめくった。すると中ほどのページに満作さんが執筆した『赤いガーターベルトの女』が載っていた。女相撲大会で6年連続優勝を果たしたトキばあさんをモデルにした満作さんの官能小説だ。

あのトキばあさんをモデルにした小説がおもしろいはずがない。信吾は高を括って読みはじめた。読み進むうち、信吾のチンポコは主人の意に反して痛いくらいに勃起していた。『赤いガーターベルトの女』の主人公、玲奈の中からは、見事なまでにトキばあさんの姿は消えている。吸いつくような白い肌、肉感的な乳房、巧みに動く括れた腰……。どれひとつ取ってもトキばあさんのそれではない。何人の読者がこの官能小説で果てているのだろう。そう考えると信吾は、そそり立つ何本ものチンポコが気の毒に思えて仕方がなかった。

本屋を後にした信吾はかえで荘に向かって歩いた。かえで荘の玄関でスニーカーを脱ぎ、それを下駄箱に仕舞う。少し汚れてきたスリッパに履き替え、階段に向かって短い廊下をぺたぺたと歩く。階段の手前に差しかかると、一平さんの部屋のドアがゆっくりと開いた。見るともなしに見ると、ドアの隙間からぬっと現れた青白い手が小さく手招きをしている。明らかにその手は信吾のことを呼んでいるのだ。信吾は恐る恐る近づいていった。すると、ドアの隙間から出ていた青白い手が、信吾の二の腕をもの凄い力で鷲掴みにした。

「ななな何だ……」

抵抗する間もなく、信吾は部屋の中へずるずると引き摺り込まれた。床に倒れ込む信吾の目に、清さんと一平さんの姿が映った。仰向けに転がった信吾の口を、清さんの煙草臭い手が覆った。指の隙間から信吾の声にならない悲鳴が漏れる。

「シー。静かにしろ」

電池が切れたオモチャのように、ばたついていた信吾の手足の動きがゆっくりと止まった。信吾の口から離れた清さんの手が天井を指す。信吾がきょとんとしていると、清さんは眉間に深く縦皺を刻み、声を殺して言った。

「きてんだよ」

「え」

「きてんだよ、クマケンの親父さんが」

「……」

信吾は口をあんぐりと開けたまま、清さんの顔をしげしげと見つめた。清さんは口の前に人差し指をぴんと突き立てて、念を押すように言った。

「だから、静かにしろ」

「ちょっと待ってくださいよ。クマケンさんのお父さんがきたら、どうして僕がこんな目に遭わされなきゃならないんですか?」

信吾は唇をつん尖らせて詰め寄った。すると、長い髪をかき上げた一平さんが、眼鏡のレンズをどてらの袖で拭きながら言った。

「それは今、クマケンさんが信吾君の部屋を使用しているからに他なりません」

「え」

話がよく飲み込めずに信吾は目を白黒させた。すると清さんが、難しそうな顔で腕組みをしながら、

「知っての通りクマケンはオカマだ。クマケンは親父さんに、かえで荘にオカマがいるとは言ったらしいんだけども、それが自分だとは言ってねぇんだとよ。クマケンの気持ちもわからねぇでもねぇけど、バカな野郎だよな、まったく。言ってねぇんだもの、親父さんは知らねぇよな。だから今クマケンは、男の格好で親父さんに逢っているのよ」

「だったら、自分の部屋を使えばいいでしょ。どうして僕の部屋を使うんですか?」

信吾の言葉に、一平さんは鼻の上に眼鏡を載せながら呆れたように言った。

「信吾君も飲み込みの悪い人ですね。いいですか。クマケンさんはかなりのキティラーです。キティちゃんだらけの部屋を見たら、お父さんが変に思うじゃないですか。だから、誰かの部屋を使用するしか手はありません。ですが運の悪いことに、僕たちは面がわれているのです。クマケンさんのお父さんから田舎の名物『どろんこ餅』を、何度ももらっていますからね。するとどうしても新人の信吾君の部屋を使用せざるを得ません。悪いとは思いましたが、そのようなわけで信吾君の部屋を使用させていただきました」

「・・・・はぁ」

つまり、クマケンさんの父親が帰るまでの数時間、部屋を使わせればいいのだ。ようやく

話が飲み込めた信吾の顔に安堵の色が浮かんだ。とその時だった。

「わかったら、とっとと着替えろ」

そう言って清さんは、クマケンさんがいつも着ているショッキングピンクのドレスを信吾に差し出した。

「え」

信吾は間の抜けた声を上げた。

「何をぐずぐずしてんだよ、信吾。早く着替えろよ」

「これ、クマケンさんのドレスじゃないですか？」

「そうだよ」

「ちょっと待ってくださいよ。どうして僕が、クマケンさんのドレスに着替えなきゃならないんですか？」

「決まってるだろうが。オカマになるんだよ、オカマに」

「え〜！」

信吾は思わず大声を上げた。途端に信吾の口は、清さんと一平さんの４つの手によって覆われた。清さんは眉間に縦皺を深く刻んで言った。

「シー。静かにしろって」

信吾は自分の口を覆っているふたりの手を払い除け、

「部屋を貸すくらいなら、協力はできますよ。でも、オカマになんかなれません」

「信吾君は、まだことの重大性に気づいていないようですね。いいですか、信吾君。クマケンさんのお父さんは、とても厳格な方なんですよ。自分の息子がオカマだということを知ったら、息子のクマケンさんを殺して自分も死ぬかも知れません……」

一平さんは信吾の鼻先に人差し指を突き立てた。

「そうなったら、信吾君。あなたは人殺しです」

「……人殺しって」

傍らにいた清さんがここぞとばかりに畳み込むような調子で、

「何の罪もない人間を、殺すわけにはいかねぇよな。さあ、信吾。人助けだと思って、ドレスに着替えろ」

清さんと一平さんは、刺すような眼差しで信吾を見つめている。うっすらと涙さえ浮かべて。これ以上、抗うことなどできそうもない。信吾は不貞腐れ、唇をつんと尖らせながら、

「わかりました。……じゃ、やります」

と、くぐもった声でそう言った。途端に清さんと一平さんの顔が綻んだ。クマケンさんのドレスを信吾に渡すと、ふたりは甲斐甲斐《かいがい》しく信吾の世話をやいた。ドレスに着替えるため、パンツ一丁になった信吾の後ろから一平さんがブラジャーを着ける。直ぐさま清さんが、ブラジャーと胸の隙間にアンパンを詰め込む。信吾がふたりの手際のよさに驚いていると、今

度は一平さんがカツラをつける。

ドレスに着替えた信吾の前で清さんが化粧道具をさっと広げた。清さんと一平さんは、思い思いの化粧道具を手に持ち、信吾の顔に手当たり次第に塗り込んだ。のっぺりとした信吾の顔がまるでジャングルに生息する野鳥のように、見る見るうちにカラフルになっていく。しばらくすると、化粧をするふたりの手がぴたりと止まった。清さんと一平さんは、満足そうな顔で小刻みに何度もうなずいている。突然、清さんは膝をぽんと叩いた。

「よっしゃ。戦闘開始だ」

「おう」

腰のあたりで拳《こぶし》を固め、一平さんは気合を入れた。続いてすっくと立ち上がり、部屋のドアの前でくるりと振り返った。信吾に向かって何やら手招きをしている。信吾はドレスの裾を気にしながら近づいていった。すると一平さんが部屋のドアを勢いよく開け放ち、信吾の背中をどんと押した。バランスを失った信吾は前のめりになって廊下に飛び出した。続いて飛び出した清さんが、

「やあ！　ジェニファーちゃん、お帰り！　買物にでもいってたのかい！」

と、2階に向かって聞こえよがしに言い放つ。しんと静まり返ったかえで荘の廊下に、どこか空々しい清さんの張りのある声が響いた。信吾が呆気に取られていると、清さんの隣に立っていた一平さんが、

「信吾君。何か答えてください」

と、露骨に顔を歪めながら小声で催促した。すでに芝居ははじまっているみたいだ。こうなったらやるしかない。信吾は意を決して裏声で答えた。

「ええ！」

清さんと一平さんは、嬉しさまるだしの顔で何度も小刻みにうなずいている。今度は一平さんが2階に向かって聞こえよがしに言った。

「そうですか！　買物ですか！　ところでジェニファーちゃん、今日も綺麗ですね！」

「ありがとうですわ！」

3人の不自然なやり取りが続いた。その声が聞こえたのだろうか、2階で部屋のドアが開く音がした。短い廊下を渡るふたりの足音が聞こえる。スリッパの音が階段に差しかかった。建てつけの悪いかえで荘の階段がふたりの体重移動に合わせて、きゅっきゅきゅきゅっきゅと激しく鳴る。

やがて、クマケンさんと同じ顔をしたお父さんらしき男と、髪を短く刈り込んだクマケンさんが現れた。クマケンさんをそのまま老けさせたような男が、大きな旅行鞄をどすんと床の上に置き、信吾に向かって丁寧に頭を下げた。

「健太の父の完司でんす。どんぞ、よろしく。健太がいつもお世話になっとりまんす」

「いいえ。こちらこそ」

「噂には聞いておりまんす。あんたが、ジェニファーさんでんすか？」

「…ははい」

信吾は引きつりながら答えた。どうやらみんなは、内緒で口裏を合わせていたに違いない。ふと見ると、当のクマケンさんは完司さんに見えないように手で口を押さえ、必死で笑いを堪えている。クマケンさんのためにオカマ役を演じていると言うのに。信吾は怒りを突き抜けて、何だか悲しくなってきた。自分は一体何をやっているのだろう。完司さんは仰反《のけぞ》るように信吾を見ながら、

「オトコオンナと聞いとりましたんで、どんな人かと思おとりまんしたけんど、こんな綺麗な人だとは思いませんでんしたわ。こりゃ、たまげまんした」

言うが早いか、クマケンさんが完司さんを肘で小突いた。

「オトコオンナって、ジェニファーちゃんに失礼だろ、父ちゃん」

「あ。そんだな」

そう言って完司さんは、また丁寧に頭を下げ、

「勘弁してくだんさい。田舎者のじいさんが言ったことでんす。気にせんどいてくだんさい」

「いいんですのわよ。おほほ…」

慣れない女言葉に戸惑いながら、信吾は無我夢中で言った。完司さんは旅行鞄のジッパーを開け、たぬきの絵が描いてある菓子折を取り出した。

「これ、わしの田舎の『どろんこ餅』でんす。あんころ餅を黒胡麻で包んだ田舎の名物でんすわ。どんぞ、食べてくだんさい」

　そう言って完司さんは、節くれだった手で菓子折を持ち上げて信吾に差し出した。信吾が礼を言って受け取ると、完司さんは改まった調子で言った。

「ところで、ジェニファーさん。ご両親は、あんたが普段そんな格好をしておることは知っとるんでんすか?」

「いいえ。まだ話していませんので、知らないと思いますのわよ」

「そんでんすか。それはよかった。あんたのその姿を見たら、ご両親はきっと、たまげまんすよ。言わない方が、いいかんも知れませんがね。この世には、知らない方が幸福ということだってあるんでんすから」

　そう言うと完司さんは浅黒い顔を皺だらけにして笑った。しばらくして、隣にいるクマケンさんに向かい、

「ジェニファーさんに挨拶したんし、わしはそろそろ帰るわ。健太。すまんが、駅まで送ってくれんかの」

「うん」

　そう言ってクマケンさんは完司さんの旅行鞄を肩に担いだ。ふたりは背中を丸めてかえで荘を後にした。かえで荘に残った3人はその背中を見送った。大役を果たした安堵感から信

吾は大きく息を吐いた。早速カツラを外し、それをうちわのようにしてぱたぱたと扇いだ。

「信吾。よくやったぞ」

そう言って清さんは、満面に笑みをたたえて信吾の肩を叩いた。一平さんは、眼鏡を指で押し上げながら、

「これで、クマケンさんのお父さんも、心置きなく帰ったことでしょう」

かえで荘に再び平和が訪れた、かに思えた。人の気配を感じ、何気なく玄関に視線を走らせた信吾は自分の目を疑った。玄関の三和土《たたき》には、唇を小刻みに震わせながら驚きに目を見開いて立ち尽くすきららの姿があったのだ。

「…きらら」

そう言ったっきり信吾は、あんぐりと口を開けたまま凍りついたように固まった。


きららを部屋に招き入れた信吾は、自分の無実を晴らすために必死で事情を説明した。自分の意思とは関係なく、オカマ役をやらされていたこと。さらにはかえで荘には鍵がひとつしか存在しないこと。自分の部屋で知らないうちに宴会が行われていたこと。冷蔵庫に入れたものを勝手に飲み食いされていたことなど、日頃溜まったかえで荘への鬱憤《うっぷん》をきららにすべてぶちまけた。気がつくと、信吾の話にじっと耳を傾けていたきららの目には、いつしか同情の色が宿っていた。

「そう。それは困ったわね」

「うん。本当、困ったよ。とんだアパートに引っ越しちゃった」

「アパートのみんなに、勝手なことはやめてくださいって言ってみたら」

「無駄だよ。近所迷惑を、アパートぐるみでやってるような連中だよ。そんなことを言ったって素直に聞くわけがないさ」

「そうか」

信吾のドレス姿に目をやったきららは呆気《あっけ》なくそう言った。

「あ〜あ。こんなアパート、早く引っ越したいよ」

そう言って信吾は頭の後ろで腕を組み、だらしなく両足を投げた。その瞬間、きららが小さく声を上げて目を伏せた。不思議に思って見てみると、信吾の着ているピチピチのドレスの裾から市松模様のトランクスが覗いていたのだ。信吾は慌てて、床の上をイモムシのように体をくねらせながらドレスの裾を下ろした。

「あはは。すっかり忘れていたよ。着替えた方がいいみたいだね」

「そうみたいね」

信吾は曖昧な笑みを浮かべながら立ち上がった。着替えの服を小脇に抱え、きららの死角になりそうな場所を探す。信吾はドアの前で着替えることにした。背中のジッパーを下ろし、腰を左右にくねらせてドレスを脱ぐ。ドレスを脱いだ信吾はブラジャーに取りかかった。背中のホックを外すと、生温かいアンパンがぼとんぼとんと床に落ちた。

信吾の胸の中に、何ともいえない空しさが込み上げてきた。まったくもって情けない。それもこれも、すべてかえで荘の住人のせいだ。せっかくきららがきているというのに、どうして自分がこんな格好をしなきゃならないんだよ。信吾は肩紐を外してブラジャーを取った。とその時、部屋のドアが勢いよく開いた。

「きゃっ!」

オカマ役を演じていた名残だろうか、思わずそう叫んだ信吾は両手で胸を隠してその場にうずくまった。ふと我に返った信吾は慌てた。こんな姿をきららに見られたら大変だ。部屋の奥にさっと目を走らせると、驚いたようなきららの目があった。

「……」

「何やってんだよ、信吾。女を連れ込んだと思ったら、もうこれかよ。好きだねぇ、お前も」

落ち着き払った清さんの声が頭の上から聞こえる。

「ななな何なんですか。ととと突然」

「忘れ物を持ってきてやったんじゃねぇかよ。ありがたく思え」

そう言って清さんは、信吾の服を床に放り投げた。一平さんの部屋に忘れてきた信吾の服だ。訝《いぶか》しげに信吾の姿を眺め回した清さんは露骨に顔を歪めながら、

「おいおい、信吾。いつまでそんな情けねぇ格好をしているつもりだ。姉ちゃんに嫌われち

まうぞ」

「あ！」

信吾は慌てて立ち上がり、着替えはじめた。清さんは部屋の奥にいるきららに向かって、またいつもの人なつっこい笑みを浮かべながら言った。

「俺、隣の203号室に住んでる田所清二。清さんて呼んでくれ」

「……はい」

「で、姉ちゃんの名前は何てんだい？」

「……小田島きららです」

「きららか。どこかで聞いたな、その名前。……あ！」

ぽんと手を叩いた清さんは、信吾を押し退けるようにして部屋の中に上がり込んできた。ジーンズを穿こうと片足を上げていた信吾は、そのままの姿勢でゴロンと床に転がった。そんなこともお構いなしに清さんは、信吾の勉強机の前で立ち止まり、ためらうことなく一番上の引き出しを開けた。

「はは〜ん。やっぱり、そうだ」

そう言って振り返った清さんの手には、ミッキーマウスのマスコット人形があった。5年前の信吾の誕生日に、きららが信吾に贈ったマスコット人形だ。きららは驚いたように目を丸くしてそれを見ている。清さんはミッキーマウスのお尻に刺繍《ししゅう》した、きららの名前を指さしながら言った。

「そうか、そうか。あんたが、ミッキーマウスの姉ちゃんか」

「え〜！」

ドアの前にいた信吾は、突然大声で叫んだ。信吾は慌ててジーンズのジッパーを上げながら、真っ赤な顔をしてすっ飛んできた。清さんの手からミッキーマウスのマスコット人形を引ったくるように奪い取ると、信吾は素早くそれを後手に隠した。

「どどどうしてここにあることを、清さんが知ってるんですか？」

「見くびってもらっちゃ、困るな」

そう言って清さんは、掌で鼻を突き上げて自慢げに鼻をすすった。

「俺は、このかえで荘に10年も住んでる清さんだぜ。かえで荘のことで、俺の知らねぇことなんかねぇのよ。大体、信吾が毎日マスをかいてることだって、俺はちゃ〜んと知ってるんだから」

「ななな何もそんなこと、ここここで言わなくったっていいでしょうに」

「がはは……。そうか、そうか、そういうことか」

何度もうなずいた清さんは、信吾ときららの顔を交互に見ながら言葉を続けた。

「がはは……。ふたりとも顔が真っ赤じゃねぇか。純情だね。がはは……。わかってるって。ふたりの恋路を邪魔するほど俺も野暮じゃねぇからよ。お望み通り俺は消えるって。後はふたりでよろしくやってくれよ。な」

清さんはケタケタと笑いながら、信吾ときららの間をすり抜けて部屋を出ていった。廊下から聞こえる清さんの笑い声が、フェードアウトするように消えていく。信吾はドアの方に親指を向けながら、

「あはは。いつも、この調子なんだよ。まいっちゃうよ、まったく。あはは」

きららは顔を伏せたまま、恥ずかしそうに笑っている。信吾の乾いた笑い声だけが、部屋の中に空しく響いていた。たっぷりと汗を吸い込んだマスコット人形の生温かい湿った感触が、信吾の手の中に広がっていく。長い長い沈黙が続き、きららが突然ゆっくりと立ち上がった。

「そろそろ、夕食の準備をするね」

「うん。頼むよ」

きららの目を盗み、信吾は勉強机の一番上の引き出しを開けてマスコット人形を滑り込ませた。

「信吾君は、夕食ができるまでのんびりしてて」

そう言ってきららはバッグの中からエプロンを取り出した。紺色地のベースに胸に白抜きの小さなロゴが入ったシンプルなエプロンだ。同い年のきららが何だかとても大人びて見える。キッチンに立ったきららは、ポケットから取り出したメモ帳を冷蔵庫の上に置いた。ど

うやら今日の料理のレシピのようだ。鍋や調味料を入念にチェックしたきららは、危っかしい手つきで食材を切りはじめた。

信吾は所在無げに窓際に腰を下ろした。傍にあった雑誌を手に取り、それに目を落とす。活字を目で追ってはいるのだが、一向に内容が頭に入ってこない。信吾はきららの様子を盗み見た。キッチンにはエプロン姿のきららがいる。中学時代にマドンナと呼ばれていたきららが、自分の食事をつくるために、自分の部屋の自分のキッチンにいるのだ。そう考えると、信吾の心拍数はもの凄い勢いで上昇した。

1時間ほどたった頃だろうか、キッチンから甘酸っぱいようないい匂いが漂ってきた。しばらくすると、きららが料理の載った皿を持ってやってきた。ミートソーススパゲッティとポテトサラダ。どちらも信吾の好物だ。

「お待たせ。時間かかっちゃった」

そう言ってきららは、悪戯っ子のように赤い舌をぺろりと見せた。信吾は雑誌を床に置きながら、

「ううん。全然。さあ、食べようか」

「うん」

信吾ときららはテーブルを囲んで少し遅い夕食をとった。きららのつくってくれたミートソーススパゲッティとポテトサラダはことのほかおいしかった。

「おいしいよ」

「本当？」

「本当、本当。おいしいよ」

そう言って信吾は大きくうなずいた。普段食べ慣れているコンビニの弁当や定食と、それは明らかに違っていた。きららのつくってくれた食事は、お腹ばかりか心の中まで脹らんでいくような気がした。

「きらら。同じクラスだった、ツッパリの遠藤英二のこと覚えてる？」

「うん。覚えてる。ひょっとして遠藤君、悪いことでもして捕まったの？」

「その反対」

「え」

「あいつ、警察官になったんだよ」

「……警察官？」

「うん。自転車を盗んで逃げ回ってた遠藤が、今度は逃げ回る奴を追っかけるんだもんな。わかんないよな、まったく」

「本当ね」

そう言ってきららは楽しそうに笑った。信吾は饒舌《じょうぜつ》になっている自分に気づき、何だかそれが妙におかしかった。きららとの話は時間を忘れさせた。どれくらい時間がたったのだろうか、きららが恥ずかしそうに言った。

「信吾君。トイレ、借りていい？」

「うん。いいけど、部屋にトイレはないんだ。アパートに共同トイレがひとつあるだけなんだ。僕もいくよ」

猛獣がうろつくジャングルの中を、きららひとりで歩かせるわけにはいかない。信吾は唇をきりりと結んで勢いよく立ち上がった。さながらボディガードの気分だ。信吾は部屋のドアを少しだけ開けて、首をぴょこんと突き出した。運よく廊下には誰もいない。

しかしその時、信吾の体の中を得体の知れない不安が駆け抜けた。あまりにも静か過ぎるのだ。うるさいほど賑やかなかえで荘のみんなの部屋からは、もの音ひとつ聞こえてこない。嵐の前の静けさとでも言えばいいのだろうか、何かとんでもないことが起りそうな気がしてならない。信吾は身震いをして不安を振り払った。

「さあ、いこう」

きららを促し、信吾は廊下に飛び出した。信吾ときららは足音を忍ばせて注意深く音の鳴る階段を下りていった。トイレという貼紙がしてあるドアをノックすると、ノックの音が返ってきた。信吾は声を殺してきららに言った。

「誰かが使ってるみたいだ。仕方がない。じゃ、公園のトイレを使おう」

「え」

「いつもそうしているんだ。さあ、いこう」

信吾ときららは、かえで荘の玄関で靴を履き替えて外に出た。街灯の灯に照らされながらしばらく歩くと、ひだまり公園のトイレが見えてきた。信吾は公園のトイレの前で、きららの帰りを待った。待ちながら信吾は静か過ぎるかえで荘のことを、考えるともなしに考えた。何も起らなければいいのだが。

「お待たせ」

気がつくと、きららが立っていた。

「じゃ、アパートに戻ろうか」

「うん」

信吾ときららは、かえで荘に向かって歩きはじめた。しばらくすると、きららは小さく声を上げて胸の前でぽんと手を叩いた。信吾が振り向くと、きららは嬉しそうに言った。

「そう言えば、ゼリーを冷やしていたんだ」

「本当。それは、嬉しいな」

「食べ頃だと思うの。戻ったら、ふたりで食べようね」

「うん」

信吾がうなずくと、きららの笑顔が街灯の下で輝いた。かえで荘の玄関で靴を履き替えていた信吾に、忘れていた得体の知れない不安が否応《いやおう》なしに甦ってきた。さっきまで水を打ったように静まり返っていたかえで荘が、にわかに賑やかなのだ。階段を上る速度とともに、悪魔のような笑い声は信吾ときららを飲み込んでいくように大きくなっていく。

信吾の予感は的中した。色とりどりの履き込んだ5人分のスリッパが、信吾の部屋のドアに向かって放射状に脱ぎ捨ててあるのだ。信吾は慌ててドアを開けた。

「ななな何だ……」

部屋の中には、満面に笑みをたたえたかえで荘の錚々たるメンバーがいたのだ。しかも、小さなカップとスプーンをしっかりと手に持ちながら。信吾が呆然として立ち尽くしていると、肉づきのいい腕を持ち上げながら清さんが言った。

「おう、信吾。先によばれてるぜ」

「よばれてるって……」

「姉ちゃん。このゼリー、うまいぜ。一緒にどうだい？」

「何言ってるんですか、清さん。そのゼリーは、きららが僕のためにつくってくれたゼリーなんですよ」

「ほぉ、そうかい。姉ちゃんは料理の天才だね。いい嫁さんになれるよ。がはは……。何だよ、ふたりとも。恐い顔して睨むんじゃねぇよ。いいじゃねぇか、ゼリーくらい。ケチケチすんなよ。幸福はみんなで分かち合おうぜ。がはは……。おいおい。そんなところに突っ立ってねぇで、早くこっちにきて一緒に食おうぜ。ぐずぐずしてたら、みんなに食われちまうぞ」

振り向くと、きららの顔は今にも泣き出さんばかりに歪んでいる。声をかける間もなく、きららはくるりと振り返り、脱兎の如く階段を駆け下りていく。信吾は部屋の中に一瞥をくれ、直ぐさまきららの後を追った。

「お～い、姉ちゃ～ん。一緒に食おうぜ～」

間延びした清さんの声が階段を駆け下りる信吾の背中に届いた。

信吾がきららに追いついたのは、かえで荘から30メートルくらい離れたところだった。肩で息をした信吾が、行く手を阻むようにきららの両肩を摑んで正面に立つ。

「ゴメン。アパートの連中には、きつく言っておくから。本当に、ゴメン」

きららは何度も首を横に振った。長い睫《まつげ》毛が涙で濡れている。思いのほかきららに接近している自分に気づき、信吾はどきりとした。きららは息を整え、胸に手を当てながらゆっくりと言った。

「ちょっと、びっくりしただけだから。こっちこそゴメンね。急に帰っちゃったりして」

「ううん。悪いのはアパートの連中さ。きららが謝ることないよ。あんなアパート、絶対に出てやる！」

信吾ときららは街灯の下を駅に向かって並んで歩いた。商店街には昼の活気はもうなく、ほとんどの店のシャッターは閉まっている。信吾ときららは商店街を抜け、駅前の横断歩道を小走りに渡った。

駅のホームには、疲れたサラリーマンの姿が数人見えた。信吾ときららはベンチに腰を下ろした。電車を待ちながら信吾が言った。

「今日は何だか、悪いことをしちゃったね。ゴメン」

「ううん。いいの。気にしないで」

「アパートの連中ときたら、本当に無神経なんだから。人の気持ちってものを、全然わかっちゃいないんだよな」

「……でも、今日、信吾君の部屋にいってよかったな」

「え」

信吾は慌てて、左隣に座っているきららの顔を覗き込んだ。きららの長い髪が夜風に踊るようにふわりとなびいた。

「机の中の秘密が、見れたもの」

「は」

「びっくりしちゃった。あのマスコット人形、信吾君がまだ持っていてくれてたなんて」

そう言ってきららはニコリと笑った。やがて電車は轟音を響かせてホームに滑り込んできた。きららは小走りで電車に乗り込み、くるりと振り返った。行く手を遮るように信吾の正面に立ちはだかり、きららは小さく首を横に振った。

「ここでいいよ」

「でも」

「男の人と一緒にいたことを両親が知ったら、かえって心配しちゃうから」

きららは、そう言って顔を赤らめて目を伏せた。再び首を持ち上げたきららの潤んだ瞳の中に信吾が映った。

「ありがとう」

そう言ったきららの唇が信吾の唇に重なる。信吾ははっとした。ふたりを引き裂くように、電車のドアは勢いよく閉まった。きららの柔らかな唇の感触だけを残し、電車は轟音を轟かせて走り去っていった。


それはきららがアパートにきた翌日のことだった。授業を終えた信吾はかえで荘の玄関でスニーカーを脱ぎ、スリッパに履き替えた。軋む階段を上っていくと、信吾の部屋の前に清さんと来客用のスリッパが置いてある。しかし、信吾は一瞥をくれただけでさほど驚きはしなかった。驚くという感情がなくなってしまうほど、かえで荘の住人には毎日のように驚かされているのだ。滅多なことじゃ今さら驚きはしない。

信吾は鍵をかけたはずのドアを当り前のように開けた。部屋の中には清さんと見知らぬ男の姿があった。男は信吾の姿を見て痩せぎすの体を小さく折りたたみ、慌てて正座した。日に焼けた浅黒い顔に、引きつった弱々しい笑みを浮かべてぺこりと頭を下げる。つられて信吾も頭を下げた。清さんは肉づきのいい右手をひょいと持ち上げて言った。

「おう、邪魔してるぜ」

「……はぁ」

「がはは……。どうしたんだよ、信吾。鳩が豆鉄砲くらったような顔しちまってよ。ほら、ほら。そんなところに突っ立ってねぇで、こっちにきて挨拶しねぇか」

「……はぁ」

「長げぇこと逢ってなかったんで忘れちまったか、親父さんの顔」

「……………」

信吾の脳裏をひとりの男が過った。9年前、信吾を捨てて家を出ていった父の信一郎だ。その当時、父はロクに仕事もせず、そのくせ外に女をつくっていた。母は生活のために夜の街で働いた。母が必死で稼いだ金を父は何のためらいもなしに、むしろ当然のようにその女に貢いでいた。しばらくの間そんな生活が続き、とうとう父はその女と一緒に家を出ていってしまった。

そのため、信吾に父の記憶はほとんどない。酒を飲んでいる姿と母を殴る姿。それに最後に見せた冷たい背中。それが記憶のすべてだった。信吾の瞳の中で、目の前にいる痩せぎすの小さな男と記憶の中にいる父の姿が重なった。

「さあ。こっちにきて話をしろよ。積もる話もあるだろう。な〜に、ふたりの邪魔をするほど、俺も野暮じゃねぇって。じゃ、俺は飲み物でも買ってくるとするかな」

陽気にそう言った清さんは部屋を後にした。信吾は信一郎の目を見ずに黙って床に座った。

信一郎は白髪混じりのパサパサの頭を掻きながら言った。

「足、くずしてもいいかな。足が悪いもんで」

信一郎は弱々しい笑みを浮かべながら胡座をかいた。汗臭い信一郎の体臭が部屋の中に漂う。信一郎は浅黒い顔を皺だらけにして言った。

「随分、大きくなったな」

「……」

「俺と母さんが別れたのが、信吾が小学校3年の時だったからな。大きくなるのも当然か」

「……」

「信吾が東京にいるって、母さんから聞いてな」

信一郎の口から母という言葉が出てきたことに驚いて、信吾の体がぴくりと動いた。それを見た信一郎は慌てて、

「誤解しないでくれ。昔のように金をせびってるわけじゃないから。りっぱとはいえないけど、俺もちゃんと働いてるんだ。心配はいらない。母さんとは、たまに電話で話すだけだから」

信一郎は照れ臭そうに床に目を落として言葉を続けた。

「母さんから信吾の話を聞いて、俺、いてもたってもいられなくてな。気がついたらアパートの前にいた。そしたら、あの人が声かけてくれて部屋に入れてくれたんだ。いい人だな、あの人」

「……」

「どうだ。東京にはもう慣れたか?」

「……」

「金、あるのか?」

「……」

「困ったことはないのか?」

「何しにきたんですか」

信吾は信一郎の言葉を遮るように語気を強めて言った。信吾の言葉に、一瞬、信一郎がひるんだ。心の内を悟られまいとして、信一郎は慌ててつくり笑いを浮かべた。

「どうしたんだよ、そんなに恐い顔して。昔は素直ないい子だったのに。8年ぶりに逢ったんだ。もっといい顔してくれよ」

「9年ぶりです」

信吾はぴしゃりと言った。言いながら信吾は、優しい言葉のひとつもかけられない自分が無性に情けなかった。しかし、信吾は言葉を吐いた。苦しみ続けた9年間を、罵声という暴力で癒すかのように。

「そんなことも、忘れてしまったんですか?」

「……」

「9年間、あなたに話したいことがいっぱいありました。でも、あなたは僕の側にいなかった」

「……」

「今は、あなたに話すことなんか何もありません。だから、帰ってください」

「……」

「帰ってください!」

そう言って信吾は信一郎を鋭く睨みつけた。信吾の瞳の中に、戸惑う信一郎の姿が映った。

「……そうか。わかった」

信一郎は消え入るような小さな声で呟いた。傍らにあるグレーのジャンパーのポケットから、黒い手帳をさっと抜き取る。中ほどのページを開き、先の丸くなった鉛筆を走らせた。そのページを破り取り床に置く。それには、決して綺麗とはいえない文字で住所と電話番号が書いてあった。信一郎は左足をかばうように、右膝に手を突いてよろよろと立ち上がった。皺だらけの顔をさらにくしゃくしゃにして、

「俺の連絡先だ。捨ててもらっても構わない。何か困ったことがあったら、いつでも連絡をくれ。何だか急に親父らしいことがしてみたくなってな。9年間も放ったらかしにして、それもおかしな話だけど」

「……」

「でも、ここにきてよかった……」

信一郎は、浅黒い顔に力強い笑みを浮かべて言葉を続けた。

「……元気そうな信吾の顔が見れたから」

そう言って信一郎は、信吾に背中を向けて部屋を出ていった。9年前、信吾が最後に見た背中よりもそれはずっと小さく見えた。廊下から聞こえる引きずるようなスリッパの音が、信吾の耳の奥で悲しく響いた。

しばらくすると、ビニール袋をぶら下げた清さんが信吾の部屋に戻ってきた。清さんは部屋の中をぐるりと見回して、

「あれ。親父さんは?」

「帰ってもらいました」

「おいおい。何てことするんだよ。信吾のことを心配してここにきたんじゃねぇか。何度も帰ろうとする親父さんを、無理に引き止めたのはこの俺だぜ」

「……」

「何があったのかは知らねぇけど、ひとりっきりの親父さんじゃねぇか。親子がわかり合えないままでいるなんてよくねぇよ。親を恨む子供はいても、子供を恨む親なんかどこにもいねぇんだよ。な、信吾。まだ間に合う。親父さんを連れ戻してこいよ」

そう言って清さんは信吾の肩に手をやった。信吾は素早く身をくねらせて、その手を払い除けた。清さんをきっと睨みつけ、

「もう、沢山だ！」

「…信吾」

「子供のいない清さんに、どうして親の気持ちがわかるんですか。子供を恨む親はいないだなんて、いい加減なことを言わないでください」

父親に対するぶつけようのない苛立ちが、後から後から込み上げてくる。信吾の止めようのない怒りが清さんに向かう。困惑する清さんに信吾はなおも言葉を吐いた。

「大体、清さんは何なんですか。10年もこのかえで荘に住むなんてどうかしてますよ。清さんにとって、このかえで荘って何なんですか？」

「……」

「向こう三軒両隣とかいって喜んでますけど、結局はみんなで戯れ合ってるだけじゃないですか。迷惑かけたりかけられたり。それが、清さんのいう向こう三軒両隣って奴なんですか。もう、沢山だ！　もう、僕のことなんか放っといてください！」

信吾は強い口調できっぱりとそう言った。清さんは俯きながら信吾の言葉を、ただ黙って聞いていた。

信吾はざわついた教室の中ほどの席に座り、鞄の中から授業で使うテキストを取り出した。ぼんやりと教壇を見つめ、昨日追い返してしまった父親のことを、知らず知らずのうちに考えていた。

父親は足を引きずっていた。その理由も聞かずに自分は冷たく突き放した。それなのに父親は自分と逢えたことを嬉しいとさえ言っていた。あれでよかったのだろうか。本当に自分は、父親のことを追い返したかったのだろうか。ひょっとすると、逢えなかった悲しみと逢えた喜びを正直にぶつけたかったのではないだろうか。いくつもの疑問といくつもの答えが頭の中を駆け巡る。しかし、答えなど見つかりそうもない。また見つかったところで、今さらどうしようもできないのだけれど。

「おはよう」

振り仰ぐときららが立っていた。信吾はきららの唇の感触を思い出し、思わず目を伏せた。

「……おはよう」

「……隣、空いてる?」

「……うん。空いてるよ」

そう言って信吾はひとつ隣の席へ移った。きららは、信吾が今まで座っていた席に腰を下ろした。バッグの中からテキストを取り出すきららに向かって信吾が言った。

「え」

「この前は、どうもありがとう」

「あ。いや、料理のこと。それから、とってもおいしかったよ」

「え」

「あ。いや、ゼリーのこと」

「そう。よかった」

「また今度、頼むよ」

「え」

「あ。いや、料理のこと」

別に意識しているつもりはないのだが、まるで焼印でも押したかのようにあの夜のきららの唇の感触が頭の中から離れないのだ。おそらく、きららも同じなのだろう。信吾ときららのちぐはぐな会話がしばらく続いた。

「あの後、どうだった？」

どうにか会話が噛み合ってきた頃、きららが心配そうに尋ねた。

「ひどいもんさ。ゼリーを食い散らかして、もぬけのからなんだ。ほら、隣の部屋に住んでる清さんって人がいただろ。しばらくしたら、その清さんが料理の本を持って僕の部屋にやってきたんだ。デザート特集のページを開いて、『あの姉ちゃんに、今度これをつくってもらいたいんだけど』なんて言っててんだよ。きららのことを、家政婦とでも思ってるんだろうかね。本当、恐くなっちゃうよ」

「ひどい」

「うん。ひどい話だよ、まったく。昨日だって……」

そこまで言って信吾は言いよどんだ。次の言葉を待っているきららの姿が、信吾の目に映った。一点の曇りもないきららの瞳の中には好奇の色などない。信吾はきららにだけは嘘をつくまいと思った。

「あいつがきたんだ」

「あいつって？」

「親父だよ」

信吾は吐き捨てるように言った。あまりにも冷たい言い方に、自分でも恐くなるほどだった。

「……そうなの。お父さんが」

きららは信吾の両親が離婚しているということは知っていた。また、他人がいたずらに踏み込んではいけない問題だということもわきまえていた。きららは黙って目を伏せた。信吾は胸の内を悟られまいとして努めて明るく言った。

「でも、それだけ」

「え」

「追い返しちゃったんだ。あれだけ逢いたかったのに、目の前に現れた途端『帰ってください！』って言っちゃったんだ」

「どうして？」

「僕にもわからないよ」

「……」

「本当、自分でも嫌になるよ」

そう言いながら信吾は頭の後ろで腕を組み、大きくため息をついた。教室のざわめきが一層大きくなったように感じられた。張りつめていた重たい空気を吹き飛ばすかのように、きららが言った。

「そう言えば、信吾君にいい話があったんだ」

「いい話？」

「確か、引っ越したいって言ってたわよね、あのアパート」

「うん」

「私の叔父さんがね、アパートをいくつか経営しているの。でね、叔父さんに電話で信吾君のことを話してみたのよ。そしたら、そんな事情があるんなら、敷金も礼金もいらないって言ってくれたのよ。その上、引っ越し代金も知り合いの運送屋があるから安くできるって」

「本当かい。きらら」

「うん」

きららは力強くそう言ってニコリと笑った。いつの間に現れたのだろうか、気がつくと教壇では初老の教授が呪文を唱えるような小さな声でテキストを読んでいた。


かえで荘から歩いて5分ほどのところに鶴の湯はある。深夜まで営業している、ひとり暮らしの人間には心強い銭湯だ。番台のおばさんからつり銭を受け取った信吾は、それを掌の上で数えて財布に仕舞った。ロッカーの前で服を脱ぎながらちらりと辺りを窺う。というのも信吾は、パンツを脱いでからチンポコをタオルで隠すまでの、ほんの一瞬の無防備な体勢を誰かに見られるのが死ぬほど嫌なのだ。銭湯通いには慣れたとはいえ、どうもあの一瞬だけは慣れそうにない。

運よく脱衣所にはひとりの客の姿しか見えない。しかもその客は濡れた髪をバスタオルで拭いている真っ最中で、信吾がいることなど気にも止めていない様子だ。信吾はパンツをずり下ろし、チンポコを素早くタオルで包んだ。バスタオルの客に目を走らせると、相変わらず一心不乱に濡れた髪を拭いていた。右手でチンポコを握り締め、左手でロッカーを勢いよく閉める。信吾はほっと胸を撫で下ろし、鍵のついた黒いゴム紐を肘まで引っぱり上げた。

洗い場へと向かうドアを開けると、熱気を含んだ石鹸のいい匂いが信吾の鼻を突いてきた。湯気の向こう側に、客の姿は10人ほどしか見えない。信吾は誰もいない牛乳風呂へと向かった。浴槽の中に体を沈めると、ぶくぶくと気泡が沸き上がってくる。はて、この風呂に気泡が沸き上がる仕掛けでもあっただろうか。

よく見ると、乳白色に染まった湯の底の方には人影らしきものが漂っている。不思議に思った信吾が、注意深く水中を覗き込んだその時だった。突然お湯の中から、真っ赤な顔をしたクマケンさんがカウンターパンチのような感じで飛び出してきたのだ。

「ひぇ〜！」

信吾の放った叫び声が鶴の湯の中でこだました。大きく息を吸い込んだクマケンさんは激しく咳込んだ。そして顔についた水滴をさっと掌で拭い、

「死ぬかと思った」

と、息も絶え絶えに言った。

「ななな何ですか？」

「見ればわかるでしょ。信吾ちゃんのことを、ずっとここで待ってたんじゃないのよ。あんまり信吾ちゃんが遅いもんだから、のぼせちゃったわよ、私」

そう言ってクマケンさんは、浴槽の縁に腰を下ろした。ドレスに隠れていてわからなかっ

たが、風呂場で見るクマケンさんの体は恐いくらいに逞しい。毎朝、トレーニングをしているせいだろうか、胸板は厚く、鍛え上げられた腹部には垂直に溝が走っている。

それより何より信吾を驚かせたのは、クマケンさんのチンポコだ。信吾の目の高さでむき出しになっているそのチンポコは黒く、そして恐いくらいにでかい。信吾は仮性包茎の自分のチンポコを足の間に挟み、曖昧な笑みを浮かべてお湯の中に潜った。クマケンさんは短く刈り込んだ頭に、絞ったタオルをちょこんと載せて言った。

「ダメじゃない、信吾ちゃん。清さんにあんなこと言っちゃ」

「え」

「昨日のこと。別に立ち聞きするつもりじゃなかったのよ、私。廊下を歩いてたら、偶然ふたりの会話が聞こえてきたのよ。ゴメンね」

「別にいいですけど」

「信吾ちゃん。清さんが、どうして10年もかえで荘に住んでいるか知ってる?」

「さあ」

信吾はまったく興味がないといった感じで答えた。それもそのはずで、信吾の心はもうすでに次のアパートに引っ越しているのだ。今さらそんなことは知りたくもない。信吾の思いを他所に、クマケンさんは言葉を続けた。

「清さんね、蒸発した奥さんと息子さんを、あのかえで荘でずっと待っているのよ」

「え」

「清さんね、今でこそチラシ専門のカメラマンだけど、本当はもの凄く腕のいいカメラマンなのよ。私、清さんの撮る写真、好きなんだ。温かくて、優しくて。見ているだけで、何だか幸福な気分になってくるの。信じられないかも知れないけど、清さんって昔は恐いくらいの仕事人間だったのよ。でも、業界じゃそれほど認められていなかったみたいなの。あんなおんぼろアパートに住んでるくらいだもの、ギャラもそれほどでもなかったんじゃないかな。清さんね、奥さんと息子さんを幸福にしようと、がむしゃらに働いていたわ。お金があれば、幸福になれると思っていたんじゃないのかな。でもね、女の幸福ってそんなことじゃないのよ。今日は暑いねとか、今日は天気だねとか、そんな普通の会話をしていることの方が幸福だったりするのよ。幸福なんて決して特別なことじゃないのよ、女にとっては。奥さんね、清さんの帰りをいつも寝ずに待っていたわ。でも、やっぱり待ちくたびれたのね。5年前だったかしら、奥さんが息子さんを連れて突然蒸発しちゃったのよ。清さん、自分を責めたわ。見ていてかわいそうになるくらい。それからというもの清さんは、あのかえで荘で奥さんと息子さんの帰りをずっと待っているのよ」

「……」

信吾の脳裏にひだまり公園で見た清さんの悲しそうな横顔が浮かんだ。あの時清さんは、キャッチボールをする親子の姿をずっと見ていた。きっと奥さんと息子さんのことを、思い出していたに違いない。ひょっとするとあの公園で、奥さんと息子さんが現れるのを待っていたのかも知れない。そんな思いがあるからこそ、父親を引き止めまでして自分と逢わせようとしたのだ。そんな気持ちも知らずに、なんとひどいことを言ってしまったのだろう。信吾は自分を責めた。

「…そうなんですか。僕、何も知らずにひどいことを…」

「ううん。気にすることなんかないわよ。清さんは5年も奥さんと息子さんの帰りを待っているような、器の大きな人なのよ。信吾ちゃんが言ったことなんか、いちいち気にしちゃいないわよ」

「…でも」

「大丈夫。清さんは、何も気にしちゃいないって。私が保証するわ」

そう言ってクマケンさんは、筋肉で覆われた厚い胸をぴしゃりと叩いた。鶴の湯の洗い場で反響したその音が、信吾の耳の奥に力強く響いた。

鶴の湯ののれんをくぐって外に出ると、表はすっかり暗くなっていた。春の暖かな風も、湯上がりの体には冷たく感じられる。信吾は首をすくめるようにして歩いた。ターバンのようにバスタオルを頭に巻いたクマケンさんが、信吾に寄り添うようにして言った。

「ねぇ。見て、見て。満月」

見上げると、雲ひとつない夜空にまんまるの月がぽっかりと浮かんでいる。東京で見るはじめての満月。

「あ、本当だ。綺麗ですね」

「信吾ちゃん、ロマンチックね」

そう言ってクマケンさんは、信吾の腕に自分の腕を絡めてきた。さっき風呂場で見たクマケンさんの黒くてでかいチンポコを思い出し、信吾は身震いした。信吾のそんな気持ちも知らずに、クマケンさんは信吾の袖口をつまんで上目遣いに言った。

「ねぇ、信吾ちゃん。ジュース、買ってよ」

「え」

「遅れてきた罰よ。ねぇ、買って、買って」

クマケンさんは逞しい体を左右にくねらせながら、甘えるような薄気味悪い猫なで声で言った。鶴の湯でクマケンさんと待ち合わせをした覚えはない。約束をしていないのだから、罰を受けるというのもおかしな話だ。そんな不満にも似た疑問が頭の中に浮かんだが、信吾は無事に帰宅したい一心で渋々うなずいた。自動販売機の前で立ち止まり、信吾はふたり分のジュースを買った。すると背後から、

「湯加減は、どうだった？」

と、野太い声が飛んできた。振り返ると、いつもの人なつっこい笑みを浮かべた清さんが

立っている。クマケンさんはさほど驚きもせずに、

「最高よ。清さんも、いってきなさいよ」

「ああ。後でいくよ」

そう言って清さんは信吾の方に向き直り、頭を掻きながら照れ臭そうに言った。

「信吾。昨日は悪かったな、勝手なことしちまって」

「僕の方こそ、ゴメンなさい。清さんの気持ちも知らないで、ひどいこと言っちゃって。本当に、ゴメンなさい」

「美しいわね。男同士の友情って」

クマケンさんがそう言うと清さんは笑いながら、

「そう言うお前も、男じゃねぇか」

「体は男でも、心は乙女なの！」

クマケンさんは唇をつんと尖らせて再び歩きはじめた。その後ろを、信吾と清さんは並んで歩いた。信吾は清さんの顔をちらりと盗み見て、

「クマケンさんから聞きました。清さんが、かえで荘に住み続けている理由」

「そうか」

「奥さんと息子さんは帰ってきますよ。きっと」

信吾は言いながら、自分の言葉に力が漲《みなぎ》っていくのを覚えた。

「だといいけどな」

そう言って清さんは短く笑った。しばらく歩くと、まんまるの月の下に古びたかえで荘がぼんやりと浮かび上がってきた。門のところでかわいらしく駆け出したクマケンさんは、かえで荘の玄関のドアを勢いよく開け放った。

ドアの向こうには、受話器を耳に押し当てて体を90度に折り曲げている多聞さんの姿が見えた。両脇には、電話の会話に聞き耳を立てている満作さんと一平さんの姿もある。

「……はい！ ……はい！ ……はい！ ……ありがとうございます！ ……はい！ ……はい！ ……では、失礼します！」

多聞さんは何度も電話に頭を下げ、丁寧《ていねい》に受話器を置いた。そして置いた受話器にまた頭を下げる。それからしばらくの間、多聞さんは口をぽかんと開けたまま道端にいる地蔵のように動かない。放心状態の多聞さんに満作さんは恐る恐る尋ねた。

「どうじゃった、多聞。合格か？」

多聞さんは弾かれたように、

「はいっ、はいっ、はい〜っ！」

と、かえで荘が震えるくらいの大声で叫んだ。多聞さんのその声をきっかけに、今度は満作さんと一平さんが両手を振り上げ、

「万歳〜！ 万歳〜！ 万歳〜！」

と、多聞さんに負けないくらいの大声で叫んだ。耳の穴に指を差し込んだ清さんがしかめっ面をしながら言った。

「うるせぇな、まったく。また近所から苦情がきちまうぞ。一体、何の騒ぎだ」

3人の姿を見つけた一平さんが、両手を上げたまま、

「これはこれは、みなさんお揃いで。お帰りなさいませ」

「お帰りじゃねぇよ。何の騒ぎだって聞いてんだよ」

「清さんも知ってるでしょ。『勝ち抜きお笑いバトル』というテレビ番組のことは」

「ああ、知ってるよ。10週勝ち抜いたら、自分のレギュラー番組がもらえるってあれだろ。その『勝ち抜きお笑いバトル』が、どうしたんだよ」

清さんの問いかけに、満作さんが自慢げに答えた。

「先日、多聞がその番組のオーディションを受けたんじゃよ。それで今、多聞のところに、正式に『勝ち抜きお笑いバトル』の出演依頼がきたんじゃ」

「え！　本当か、多聞！」

清さんは目を丸くして勢い込んで尋ねた。すると、満面に笑みをたたえた多聞さんが喜びの雄叫びを上げる。

「はいっ、はいっ、はい〜っ！」

「やったじゃねぇか、多聞！」

「凄い！　凄い！　多聞ちゃん、おめでとう！」

目を潤ませたクマケンさんが、その場でぴょんぴょんと跳びはねた。清さんはつぶらな瞳から溢れ出た涙を照れ臭そうに拭いながら、

「このかえで荘から、やっと有名人が出るんだな。おい、多聞。負けたら、承知しねぇからな！」

「はいっ、はいっ、はい〜っ！」

途端に、かえで荘の玄関は拍手と歓声で包み込まれた。計算も妬みもポーズも、そこにはない。古くなった蛍光灯の瞬きの下には、ただひたすらに純粋で温かな称賛があるだけだ。みんなはまるで自分のことのように心の底から喜んでいる。抱えきれないほどの悲しみを胸に秘めた清さんまでもが。近所迷惑な集団だとばかり思っていたかえで荘の住人が、こんなにも温かな心を持っていたなんて。信吾はがつんと頭を殴られたような気がした。

「信吾。どうしたんだよ」

清さんの声で我に返った信吾は、慌てて辺りを見回した。玄関にはすでに誰の姿もなくなっていた。清さんはいつもの人なつっこい笑みを浮かべながら言った。

「多聞の部屋で前祝いだ。朝まで飲むから、信吾も覚悟しておけよ」

「はい」

信吾は大きくうなずき、力いっぱいそう答えた。

日曜日の昼過ぎのことだった。信吾の部屋のドアを、誰かがしつこいくらいに何度もノックする。信吾は読みかけの本を床の上に置き、ドアに向かって歩いていった。

ドアの向こうには、唇を歪めて頭にハチマキを締めた一平さんが立っていた。ハチマキには右下がりのへたくそな文字で必勝と書いてある。眼鏡を指で持ち上げる得意のポーズを決めた一平さんは、露骨に怒りを押し出した。

「何をしているんですか、信吾君」

「え」

「ぐずぐずしていると、『勝ち抜きお笑いバトル』がはじまってしまいますよ。さあ早く、清さんの部屋に集合してください」

一平さんに促され、信吾は隣の清さんの部屋へと急いだ。清さんの部屋の壁には、公園の水飲み場で遊ぶ子供やマフラーをしている田んぼの案山子《かかし》など、自分で撮影したであろうモノクロの写真が飾ってあった。どれもこれも、ほっと心が和《なご》む写真だ。信吾の顔が自然と緩んでいく。

しかし次の瞬間、その表情が一瞬にして強張った。部屋の奥では、必勝ハチマキをきりりと締めたかえで荘のみんなが、刺すような目でテレビ画面を睨みつけていたのだ。鬼のような形相で。信吾は最後尾に遠慮気味にちょこんと座った。すると、テレビの真ん前で正座していた清さんが、口を真一文字に結んだまま信吾に必勝ハチマキを差し出した。

「……あの、これは？」

「見ればわかるだろ。必勝祈願のハチマキよ。多聞が死にもの狂いで闘ってるんだ。これくらいはしねぇとかえで荘の恥だからよ」

そう言って清さんは、また口を真一文字に結び、挑むような目でテレビに向き直った。信吾もみんなと同じように必勝ハチマキを締め、テレビ画面を覗き込んだ。

軽やかな音楽が鳴り、待ちに待ってた『勝ち抜きお笑いバトル』がついにはじまった。黒いタキシードを着た司会者が審査員を紹介する。テレビで何度も観たことがある顔馴染みの審査員だ。続いて司会者は、5週勝ち抜いているチャンピオンと4組のチャレンジャーを紹介した。

スパンコールの派手なブレザーを着た多聞さんが画面に映る度、かえで荘にどっと歓声が沸き起こる。多聞さんははじめてのテレビ出演とあって、かなり緊張しているようだ。動きはどことなくぎこちなく、額はあぶら汗でギラギラしている。

多聞さんの緊張が伝わったのか、満作さんの体はがちがちに固くなり丸い顔は茹で蛸のように真っ赤になっている。そのくせ口だけは達者で、コマーシャルの間中、演芸評論家ばりのうんちくを偉そうに並べ立てている。

やがてコマーシャルが終わり、テレビ画面に『勝ち抜きお笑いバトル』のステージが映し出された。まずはチャレンジャーの演芸からだ。漫才、奇術、コントと続き、いよいよ多聞さんの出番がやってきた。髪をポマードでかちかちに固めた司会者が、右手をぴんと伸ばして『ナンシー多聞』とコールした。

拍手の渦の中、多聞さんは勢いよくステージの袖から飛び出した。緊張がピークに達した多聞さんはコントロールを失い、勢いあまってマイクに激突した。その拍子にスピーカーが乾いた音を吐いた。しかしそれがよかった。前列にいた観客がくすっと笑ったのをきっかけに、多聞さんの緊張が一気にほぐれたのだ。多聞さんはマイクに向かって、

「はいっ、はいっ、はい〜っ！」

と、激しく手足をばたばたと動かしながら叫んだ。客席を波のように笑いが走った。時代と少しずれたような多聞さんの芸が、観客に受け入れられたのだ。多聞さんはいつもの調子で、日常にひそむ些細な出来事を独特の視点で切り取り、それを軽妙な話術で笑いに持っていった。多聞さんは機関銃のように喋り捲った。さざ波程度だった笑い声は、終わり頃には津波のような笑い声に変わっていた。びっしょりと汗をかいた多聞さんは、ぺこりと頭を下げて袖へと引っ込んだ。

入れ替わりに、5週勝ち抜いている漫才コンビ『えっちらおっちら』が登場した。最近売り出し中の若手実力派コンビだ。その立ち居振る舞いには、王者の風格さえも漂っている。さすがに、5週勝ち抜いているチャンピオンだけあって笑いのツボは心得ている。うっかり

していると、多聞さんを応援しているかえで荘のみんなの中にも笑いが起るほどだ。チャンピオンの漫才が終わり、テレビ画面はコマーシャルに切り替わった。コマーシャルが明けるといよいよ審査結果の発表だ。かえで荘に、ただならぬ緊張が走った。

横一列に並んだチャンピオンと4組のチャレンジャーの姿が、テレビ画面に映し出された。派手なティンパニが鳴り響き、ステージの照明が落とされた。暗闇の中をスポットライトが8の字を描き、くるくると回りはじめた。しばらくするとティンパニが鳴り止み、スポットライトが消えた。優勝者にだけ、再びスポットライトが向けられるという仕組みだ。かえで荘のみんなは祈るような思いで審査結果を待った。

耳をつんざくようなドラが会場に鳴り渡り、再びスポットライトが点った。スポットライトの中には、下駄のような四角い顔をした多聞さんの姿が鮮やかに浮かび上がった。その瞬間かえで荘に、窓ガラスが震えるほどの歓声が沸き起こった。

その夜、信吾はトイレに起きた。階段を下りた信吾の目は、下駄箱の上でぴたりと止まった。誰がつくったのだろうか、『勝ち抜きお笑いバトル』での、多聞さんの星取り表が早速貼ってあった。蛍光灯の瞬きの中、多聞さんの名前の上には真っ赤な薔薇の花がひとつだけ誇らしげに咲いていた。

2講目の終了ベルが鳴ると同時に、学生が一斉に学食に流れ込んできた。昼の学食には、けたたましい笑い声やプラスチックの食器が擦れ合う音が響いている。授業を終えた信吾は昼食をとっていた。カレーライスをスプーンに載せて口に運ぶ。まずくもない代わりに、特別うまくもない。貧乏学生には嬉しい超格安のメニューなのだから、それはそれでいいのだ。

信吾の目の前に音もなくトレーが置かれた。トレーの上には、信吾と同じメニューのカレーライスが載っている。見上げるときららが立っていた。

「おはよう」

そう言ってきららは、八重歯を覗かせて椅子とテーブルの間にするりと滑り込んだ。その拍子に、柔らかそうな胸がぷるるんと揺れる。信吾はきららの胸に視線が止まりそうになるのを必死で堪えた。

「おはよう」

「こんなところにいたんだ。捜してたのよ、信吾君のこと」

「何？」

「3講目はあるの？」

「ううん。休講になったんだ」

「よかった。昨日、叔父さんから連絡があったの。叔父さんが持っているアパートに空き部屋が出たんだって。ちょうど私も3講目が休講になったから、これからそのアパートを見にいかない？」

信吾は持っていたスプーンをことりと食器の上に置いた。

「……ゴメン」

「え」

きららは、不思議なものでも見るかのような目で信吾の顔を覗き込んだ。

「僕、もう少しだけ、あのかえで荘に住んでみようと思うんだ」

「だって、この前は引っ越したいって言ってたじゃない。あれから1週間もたっていないのよ。ひょっとして住み心地でもよくなったの？」

「ううん。前にも増して悪くなってるよ。ひどいもんさ。相変わらず冷蔵庫のものは消えるし、ひどい時なんか知らないうちに誰かが僕の布団に寝ていたことだってあるもの。もう、最悪」

「だったら、どうして？」

きららは少しだけ強い口調で信吾に尋ねた。信吾はきららから視線を外し、遠くを見つめながら言った。

「きらら。僕が小学生の時に、両親が離婚しているのは知っているだろ」

信吾の問いかけに、きららは黙ってうなずいた。

「その時、僕は思ったんだ。人は必ず裏切るって」

信吾の脳裏を父親の後姿が過った。信吾はそれを振り払おうとかぶりを振った。ややあって、信吾はきららに視線を戻してよどみなく言った。

「でもね、きらら。あのかえで荘の人たちを見ていると、人は必ずしも裏切らないんじゃないのかなって思えてくるんだ。クセの強い人たちばかりだけど、みんなちょっと切なくて、そのくせ人一倍優しくて。人って本当は、いいものなんだなって思えてくるんだ。これからだって、引っ越したいって思うくらい嫌なこともあるかも知れない。でも、それ以上に楽しいことがあるような気がするんだ」

そう言って信吾は照れ臭そうに小さく笑った。そして、改まったようにきららに向かってぺこりと頭を下げた。

「だから、ゴメン」

きららは大きく首を横に振った。

「ううん。いいの、いいの。私が、叔父さんに言えばいいことだから。気にしないで」

「よかった。きららがそう言ってくれて」

信吾は目の前のカレーライスを再び食べはじめた。きららは、そんな信吾の様子を目を細めながら見つめている。きららの様子に気づいた信吾が、

「どうしたんだよ。早く食べないとカレーライスがまずくなっちゃうよ」

「羨《うらや》ましいな」

「え」

「そんな風に思える信吾君も。そんな風に思われるかえで荘の人たちも」

ニコリと笑ったきららは、スプーンの上にカレーライスを載せて小さな口に運んだ。


星取り表の薔薇の花が6個に増えた頃、かえで荘が震え上がるほどの大事件が持ち上がった。信吾がいつものようにコンビニの弁当をぶら下げて部屋に帰ると、テーブルの上に置き手紙があった。書きなぐったような乱暴な文字で『清さんの部屋に、大至急集合！』と書いてある。文字の乱れが信吾を急がせた。慌てて隣の清さんの部屋へと向かう。

清さんの部屋には、すでにいつものメンバーが集まっていた。みんなは一様に、難しそうな顔をして腕組みをしている。おまけにいつもはうるさいほど賑やかな人たちが、信吾に一瞥をくれただけで誰ひとりとして口を開こうとはしない。部屋の空気はよどんだように重い。いつもと違う雰囲気に信吾は閉口した。何らかの大事件が持ち上がったことはみんなの様子から見て取れた。

「…どうかしたんですか？」

部屋の隅で胡座をかいている清さんに向かって、信吾は恐る恐る尋ねた。

「うん。実はこのかえで荘に、厄介なことが持ち上がっちまったんだ」

「厄介なこと？」

「今日の昼過ぎだったかな。かえで荘の廊下を、スーツ姿の女がきょろきょろしながら歩いてるのよ。時々メモなんかを取ったりしてよ。で、俺、声をかけたのよ。するとその女、俺にこの名刺を渡すのよ」

そう言って清さんは、信吾に名刺を渡した。その名刺には、

『榎本グループ　社長秘書　神野由利』

と、書いてある。

「それで、その女が言うにはこうなんだよ。大家からこのかえで荘の建物所有権を、榎本グループが買い取ったってな。それで、かえで荘が建っているこの場所に、マンションを建設する計画が持ち上がったんで、かえで荘から立ち退いてほしいって言うんだ」

「そんな無茶苦茶な……」

「だろ？　だから、俺もそう言ってやったさ。でもその女ときたら、難しい御託《ごたく》ばっかり並べやがってよ、全然話にならねぇのよ。だから、俺、言ってやったのよ。あんたじゃ話にならんねぇから、もっと偉ぇ奴と話をさせろってな。そしたら、その女が言うんだよ。3日後、榎本グループで説明会を開くから、皆様でお越しくださいってな。だから、みんなでいってやろうじゃねぇかよ、その説明会って奴によ。がはは……。俺たちの固い結束を見せつけて、ひと泡ふかしてやろうぜ。がはは……」

清さんの乾いた笑い声だけが、静まり返った部屋の中に悲しく響いた。みんなは肩をがく

りと落したまま、ぴくりとも動こうとはしない。見かねた清さんは、重たい空気を吹き飛ばそうと努めて明るく言った。

「何だ、何だ、お前たち。暗ぇ顔してよ。明るくいこうぜ、明るく。通夜の席じゃねぇんだからよ」

「通夜みたいなもんじゃよ。……このかえで荘のな」

満作さんは、床に視線を貼りつけたままぼそっと呟いた。清さんは満作さんをきっと睨みつけて声を荒げた。

「おい、満作！　一番年上のお前が、そんな気弱なことを言ってどうするんだよ！　みんなの手本になるように頑張るのが、お前の役目だろうが！」

「しかしな」

「しかしも、案山子もあるか！」

「ですが、清さん……」

満作さんの隣で膝を抱えていた一平さんが、重たい口を開いた。一平さんはいつものように眼鏡を指で持ち上げた後、静かに言葉を続けた。

「榎本グループと言えば、超一流の企業です。大企業の榎本グループが、勝ち目のない打診をするとは考えられません。榎本グループに睨まれたということは、もうこのかえで荘は……」

一平さんの言葉を遮るように清さんの声が飛んだ。

「うるせぇ！　うるせぇ！　うるせぇ！　相手が大企業だからって、何もしねぇであきらめるのか！　お前たちはそんなに弱虫だったのかよ！　俺たちが守んねぇで、誰がこのかえで荘を守るってんだよ！」

「清さんの言う通りだと思います」

気がつくと、そんな言葉が信吾の口を飛び出していた。驚いたようなみんなの視線が、一斉に信吾に向けられた。しかし、一番驚いたのは当の信吾だ。知らず知らずのうちに、自分の中でかえで荘の存在が大きくなっている。信吾は言葉を続けた。

「かえで荘はひどいおんぼろアパートです。廊下なんかウグイス張りみたいに、きゅっきゅっきゅっきゅ鳴るし、隙間風なんかぴゅうぴゅう吹き放題です。でも僕、このかえで荘での生活、嫌いじゃないですよ。みんなもそうでしょ？　だから、ここにいるんでしょ？　このかえで荘を守れるのは、僕たちだけなんですよ。僕たちがあきらめたら、このかえで荘は誰が守るんですか？」

信吾の精一杯の言葉が、あきらめかけていた満作さんと一平さんの心に突き刺さった。満作さんはうなだれていた首を持ち上げて、

「……そうじゃな。信吾君の言う通りじゃな。もの言わぬかえで荘を守れるのは、わしらだけじゃ。かえで荘に住んで日の浅い青年に、古株のじいさんが教えられたわい。清さん、わ

しらも一緒に闘っていいかの？」

「ああ。もちろんだとも」

そう言って清さんは、いつものように屈託のない人なつっこい笑みを浮かべた。満作さんと一平さんは、気弱になった自分を恥じるように照れ臭そうに笑った。

「な～に、心配することなんか何もねぇよ。かえで荘は、誰にも渡さねぇって」

清さんがそう言うと、クマケンさんは興奮気味に加勢した。

「そうよ、そうよ。かえで荘は、私たちの家だもの。絶対に、渡すもんですか」

「はいっ、はいっ、はい～っ！」

多聞さんの張りのある声がかえで荘に響き渡った。途端に賑やかな話し声と笑い声が、清さんの小さな部屋を埋め尽くした。いつものかえで荘がやっと返ってきたようだ。信吾はみんなの楽しそうな顔を見つめながら、やっとかえで荘の住人になれたことを感じていた。

「ただ今、担当の者が見えますので、しばらくお待ちください」

そう言うと女性社員は、丁寧に頭を下げて部屋の外へと消えていった。女性社員が会議室からいなくなるや否や、クマケンさんと一平さんが窓際へと小走りに駆けていく。高層ビルの最上階に位置する榎本グループの会議室からは、巨大な新宿の街が小さく見えた。クマケンさんは胸の前で、かわいらしく手を合わせながら、

「ちっちゃ～い。人なんか、蟻んこよりもちっちゃいのよ」

「本当だ。あんなに小さいんですね、僕たちも」

そう言って一平さんは目を丸くした。クマケンさんと一平さんのやり取りを聞きながら、清さんはポケットの中からハイライトのパッケージを取り出した。ぐんにゃりと折れ曲がった煙草を口にくわえて、使い捨てライターで火を点ける。清さんはまるで汚いものでも見るかのような目つきで、部屋の中をぐるりと見回した。

「毎日こんなところで働いていたら、自分以外の人間なんてちっぽけな存在に思えてくるんだろうな。自分もひとりの人間だってぇのによ」

清さんは白い煙と一緒に言葉を吐いた。ほどなくドアが勢いよく開き、担当者らしき男と社長秘書の神野が現れた。男は50歳前後といったところだろうか。長身の体に仕立てのよさそうなチャコールグレーのスーツを着ている。不機嫌なのかニコリともしない。男は眉間に縦皺を刻み込み、真一文字に口を結びながらかえで荘の一団の真正面に座った。かえで荘のみんなは、挑むような目で男の様子を窺っている。

「榎本グループ代表取締役社長、榎本毅です」

そう言うと榎本は、威嚇《いかく》するかのような鋭い目を一堂に走らせた。体を斜に構えた清さんが静かに言った。

「ほぉ。社長さんのお出ましってわけか。大企業の社長さんがかえで荘の担当とは光栄だな。

でも、社長さんがわざわざ説明にこなくってもいいんじゃねぇのか」

「ご心配にはおよびません」

榎本は薄気味悪い笑みを浮かべ、呟くように次の言葉を吐いた。

「私の趣味ですから」

「・・・趣味」

「私は生まれつき性格が歪んでましてね。あなた方のような人たちを苦しめるのが趣味なんですよ。こんな楽しいことを、他の人間にはさせられません」

「いい性格だな、あんたも」

「ありがとうございます」

清さんの目と榎本の目が、音が聞こえるほどの勢いで激しくぶつかった。榎本は咳払いをひとつして、淡々と言葉を続けた。

「大まかな話は秘書の神野から聞いていると思いますが、あなた方の住んでいるアパートの建物所有権は私たちが買い取りました。つまり私たち榎本グループが、あなた方の住んでいるアパートの新しい家主ということです。そこであなた方の住んでいるアパートが建っている場所に、新しくマンションを建設する計画が持ち上がりましてね・・・」

「つまり、俺たちが邪魔だってことだろ」

榎本の言葉を遮るように清さんが言った。榎本は片頬に薄い笑みを浮かべながら、

「そう言っていただけると話が早い。つまり、そう言うことです」

と、吐き捨てるように言った。

「でも、社長さんよ。悪いけど、俺たち立ち退かねぇぜ」

「それは、困りましたな」

榎本は片頬に薄い笑みを残したままそう言った。言葉とは裏腹な自信に満ち溢れた榎本の顔を見て、信吾はどきりとした。どこかに、とてつもなく大きな切り札が潜んでいるような気がしてならない。信吾の心配を他所に清さんは強い口調で言った。

「大体、社長さんよ。立ち退きを迫るには、それなりの正当理由ってぇものが必要なんだろ？　で、あんのかい？　立ち退きを迫れるだけの正当理由って奴がさ」

「さあ、どうでしょう」

「がはは…。それじゃ、話にならねぇな。社長さんよ、俺たちは絶対に立ち退かねぇ。ま、そういうことだから。おい、みんな、いこうぜ」

清さんの号令とともに、かえで荘のみんなが椅子から立ち上がろうとしたその時だった。

信吾は薄気味悪く笑う榎本の顔を目の端に捉えた。血色の悪い紫色の唇をぺろりと舐めて、
榎本は呟くような小さな声で言う。

「5年前にあのアパートが、すでに『建築基準法に基づく勧告』を受けているというのはご存知ですかな」

「……」

かえで荘のみんなは、はじめて聞く言葉に顔を見合わせた。その様子がよほどおかしかったのだろうか、榎本は勝ち誇ったかのようにいやらしい笑い声を上げた。

「ははは……。その顔では、どうやら知らないようですな。いいですか。あなた方の住んでいるアパートは、老朽化《ろうきゅうか》が著しい。土台・屋根・柱・壁などの腐朽破損《ふきゅうはそん》の度合から見ても、いつ倒壊してもおかしくはない。保安上危険であることは明らかです。倒壊の危険防止という公益上の点から見ても、あのアパートは取り壊す必要があります。あなた方がいくら立ち退かないと頑張ったところで、所詮無駄なことです。あなた方に勝ち目はない。法律は私たちの味方です。ははは……。法律を盾に取れば、あなた方を立ち退かせることなど雑作のないことなのですよ。ははは……」

そう言って榎本は低い声で笑った。言葉の意味はまるでわからなかった。しかし、かえで荘が絶体絶命の危機に晒《さら》されているということは、勝ち誇ったように笑う榎本の様子から見て取れた。意気消沈したかえで荘の一群の中から、クマケンさんの悲鳴ともとれる叫び声が飛んだ。

「嫌！　嫌！　嫌！　かえで荘と別れるなんて、私、絶対に嫌！」

「ははは……。まるで、駄々っ子のようですな。ですが、お嬢さん。駄々をこねたら自分の思い通りになるほど、この世の中は甘くはないのですよ。いいですか。5年前に、すでに

『建築基準法に基づく勧告』を受けているということは……」

「社長さん……」

榎本の言葉を遮るように満作さんが言った。椅子からゆらりと立ち上がり、力なく榎本を見つめて、

「わしらは、社長さんのように学はない。難しい話をされたところで、ちんぷんかんぷんじゃ」

「ほぉ。今度は泣き落しですかな」

「何と思われようが構わん。わしらはみんな、あのおんぼろアパートのかえで荘を愛しとる。こんなりっぱな会社の社長さんには、とても信じられないかも知れんがな。あのかえで荘に住み続けることが許されないのであれば、わしらは素直にあのかえで荘を出ていく」

言うが早いか、清さんが叫んだ。

「おい、満作！　気でも狂っちまったのか！」

満作さんは、顔を赤くした清さんに素早く目を走らせた。そして、やにわに机の上に力強く両手を突いた。まんまるの頭を深々と下げながら満作さんは震える声で叫んだ。

「かえで荘は壊さんでくれ！　な、頼む！　ここにいる清さんには、どうしてもあのかえで荘が必要なんじゃ！」

満作さんの言葉に榎本の太い眉毛がぴくりと動いた。

「ほぉ。おもしろそうな話ですな。詳しく話してくれませんかね」

榎本は低い声でそう言った。じりっじりっと獲物を罠に追い込む猟師のように。ややあって、満作さんは静かに語りはじめた。

「5年前、清さんの奥さんが息子さんを連れて突然蒸発したんじゃ。それから清さんは、あのかえで荘で奥さんと息子さんの帰りを、ずっと待っているんじゃよ。だから清さんには、どうしてもあのかえで荘が必要なんじゃ！」

満作さんの精一杯の言葉を、榎本は下卑《げび》た笑いで跳ね飛ばした。ひとしきり笑った榎本はハンカチで目頭を押さえながら、

「ははは……。これは失礼。田所さん。あなたは実にいい人だ。いい人過ぎる。ははは……。5年前に出ていった奥さんと息子さんのことを、ずっと待っているなんて。これは傑作です。ははは……。ですが、田所さん。あなたには悪いが、蒸発した奥さんと息子さんは帰ってきませんよ。常識的に考えてもご覧なさい。5年間も音信不通の人間が、突然帰ってくるわけがない」

清さんは机の上に視線を張りつけたまま、ぴくりとも動かない。堪らず信吾は声を荒げた。

「笑うな！　清さんの奥さんと息子さんは、きっと帰ってくる！」

「何も信じられないあんたより、奥さんと息子さんの帰りを信じている清さんの方がずっと素敵よ！」

「その通りです！」

かえで荘のみんなはうなずきながら、刺すような目で榎本を睨みつけている。

「ひょっとしてみなさんも、奥さんと息子さんが帰ってくると信じてるんですか？　ははは……。やれやれ。みなさんは、天然記念物並みのおめでたい集団ですな」

呆れたようにそう言った榎本は、片頰に薄い笑みを残したまま言葉を続けた。

「私はあなた方のような人間が一番嫌いだ。何かというと、夢だとか希望だとか、そんなわけのわからない妄想を振りかざす。結局は、現実から逃げているだけではないですか。法律を盾に取れば、あなた方を立ち退かせることなど雑作のないことです。しかし、それではつまらない。あなた方に、地獄のような現実を見せてあげますよ」

榎本の唇の端がいやらしく歪んだ。

「田所さん。今のお話を伺っていて、私、おもしろいゲームを考えつきました。あのアパートを賭けて、私とそのゲームをしてみませんか？」

「……」

「あなたに1ヵ月間だけ時間をあげましょう。もしもその1ヵ月の間に奥さんと息子さんが帰ってきたとしたら、あなたの勝ち。あのアパートに今までと同じ条件で住んでいただきましょう。その代わりに、もしも1ヵ月以内に奥さんと息子さんが帰ってこなかったとしたら、その時は……」

榎本は拳で机を叩きつけた。クマケンさんが小さく悲鳴を上げる。微笑みさえ浮かべた榎本は静かに言った。

「あのアパートを壊します」

「……」

意地悪そうに唇の端を歪めた榎本は、なおも清さんに詰め寄った。

「どうですか、田所さん。やってみませんかな、そのゲーム」

「……」

「どうしました、自信がありませんか？」

「……」

「ははは……。意地を張るのはもうやめませんか、田所さん。あなたも、最初は奥さんと息子さんの帰りを待っていたのかも知れません。だが、今は違うはずだ。あなたはもう、奥さんと息子さんの帰りを待ってなどいない。意地を張ってるだけではありませんかな。そんな自分の気持ちに、あなただって気づいているはずだ。だが、気づかないふりをしているだけだ。違いますかな、田所さん」

「……」

清さんは机に視線を落としたまま、固まったように動かない。怒りと悲しみで体をわなわなと震わせながら。しばらくの間沈黙が続き、多聞さんがすっくと立ち上がった。

「清さん、やってやれよ！　この男に、ひと泡ふかしてやれよ！」

「……」

「そうよ、清さん！　こんな侮辱、私、許せない！」

「……」

「ポーズで待っているわけではないということを、このわからず屋に思い知らせてあげてください！」

気がつくと、かえで荘のみんなは清さんを取り囲むように立ち、哀願するような目で清さんを見つめている。清さんはみんなの気持ちを確かめるように、ひとりひとりの目を見つめた。一呼吸あって榎本の方に向き直った清さんは、顔色ひとつ変えずに言った。

「ああ。いいよ」

穏やかに言ったその言葉の裏側に、強い決意と覚悟があることを信吾は感じた。

カンカンと釘を打ちつける小気味よい音が、6月の青い空に吸い込まれていく。空はどこまでも高く、降り注ぐ日差しにみんなの笑顔が輝いている。脚立に乗った多聞さんが、打ちつけた釘の頭に垂れ幕の紐を括りつけながら声を張り上げた。

「こんなもんで、どうだい？」

垂れ幕には右下がりのへたくそな文字で、

『京子さん、圭太くん、お帰りなさい』

と、書いてある。

「オーケー、オーケー」

脚立を囲むように立っているみんなの輪の中から、清さんが声を張り上げた。脚立から下りてきた多聞さんが、眩しそうな目で垂れ幕を見上げた。玄関先に取りつけた垂れ幕は、まるで生きているかのように小さくはためいている。

「ばっちりだね、清さん。これで京子さんと圭坊は嫌でも帰ってくるよ」

そう言って多聞さんは目を細めた。

「嫌でもは、余計だっつうの」

清さんが悪戯っぽくそう言うと、みんなは堰《せき》を切ったように笑った。しばらくすると、かえで荘の玄関のドアを乱暴に開け、紙袋を下げた一平さんが走り込んできた。一平さんは暖かくなった今でも、綿のたっぷりと入った花柄のどてらを着込んでいる。

「みなさ〜ん、できましたよ〜」

そう言って一平さんは紙袋の中からモノクロのチラシを取り出した。チラシの中には、清さんの奥さんと息子さんの写真と特徴、それとかえで荘の電話番号が大きく入っている。チラシに目を落とした清さんは目を丸くして言った。

「上出来だよ、一平」

清さんの言葉に、一平さんはだらりとたれ下がった長い髪をかき上げ、自慢げにずり落ちた眼鏡を指で持ち上げた。やにわに清さんはポケットの中から地図を取り出した。その地図には、色とりどりのマジックでいくつもの歪《いびつ》な図形が書き込まれている。昨日の作戦会議で使った地図だ。

「じゃ、作戦開始だ。作戦は、昨日言った通りだ」

作戦といえばそれなりに聞こえもいいが、作戦といってもチラシを駅で配ったり電柱に貼ったりするだけのことなのだ。こんな方法で奥さんと息子さんが本当に見つけ出せるのだろうかと、そんな不安がみんなの胸の中に去来《きょらい》した。しかし、これといった別の捜索方法も思い浮かばず、結局はこの作戦に落ち着いたのだ。清さんは地図を指しながら、

「満作はA地区。一平はB地区。信吾はC地区。多聞はD地区。クマケンはE地区。そして俺は、かえで荘に残って情報を待つ。な〜に、俺たちの手にかかれば、カミさんと息子なんかすぐに見つけ出せるって。がはは……」

「……ね。清さん」

そう言ってクマケンさんは不安そうな目で清さんを覗き込んだ。一瞬ぎくりとした清さんは平静を装って言った。

「……何だよ、クマケン」

「本当に、大丈夫よね？」

クマケンさんは、ついに禁断の言葉を口にした。

「……ああ。大丈夫だとも」

「本当に、本当？」

「ああ。本当だ」

「本当に、本当に、本当？」

クマケンさんをはじめ、みんなの目にも不安の色が宿っている。

「……そう何度も聞くなって。俺まで、不安になってくるだろうが。いいか、クマケン。榎本にあんな啖呵《たんか》を切ったんだ。やるしかねぇだろうが、やるしか」

清さんの言葉に、みんなは不安を打ち消すかのように忙《せわ》しなくうなずいた。清さんは天を仰いで声を張り上げた。

「よっしゃ！　作戦開始だ！」

「うぉぉぉ！」

清さんの言葉を合図に、かえで荘のみんなは声を張り上げて蜘蛛の子を散らすように走り去った。


信吾の通う大学の駅前が信吾の担当するC地区だ。信吾はチラシの入った紙袋を下げ、辺りを見回しながら駅前を歩いた。ティッシュ配りのアルバイターが、威嚇するかのような鋭い目つきで信吾に視線を走らせた。ひとりひとりのテリトリーが決まっているとでもいうのだろうか。信吾はティッシュ配りの群れから少し距離をおき、どすんと地面に紙袋を置いた。学生街ということも手伝ってか、結構な数の乗降客がいる。これならば、かなりの効果が見込めるはずだ。気をよくした信吾は小さく声を上げて気合を入れた。

紙袋の中から、チラシを拡大コピーした看板とチラシを抜き取る。首から看板をぶら下げ、手に持ったチラシを次々と配る。こんなことで、本当に見つかるのだろうか。そんな不安が何度も首をもたげかけたが、その度信吾は今はこれをやるしかないのだと自分で自分に言い聞かせた。

チラシを配りはじめて2時間ほどたった頃だろうか。乗降客のひとりが小さく声を上げた。見ると、目を丸くしたきららが立っていた。自分が通っている大学の近くでチラシを配っているのだ、知った人間のひとりやふたりに逢うのも当然といえば当然の話だ。信吾は落ち着き払った調子で言った。

「おはよう」

「おはようじゃないわよ。どうしたのよ、学校にもこないで。それにその格好」

「人捜しをしているんだ」

「・・・人捜し?」

信吾はきららにチラシを渡した。きららは受け取ったチラシに目を落とした。

「……田所京子さんに、田所圭太くん？」

「ほら、隣の部屋に清さんて人がいただろ。その清さんの奥さんと息子さんなんだ。実はそのふたり、5年前に蒸発しちゃってね。清さんはその帰りを、あのかえで荘でずっと待っているんだ」

「でも、どうして信吾君が？」

「不動産屋とある賭けをしてね。ふたりが1ヵ月以内に帰ってこなければ、かえで荘が壊されるってことになっちゃったんだ」

「かえで荘が？」

「うん。だから、かえで荘のみんなで手分けしてふたりを捜しているんだ」

信吾から視線を外したきららは、再びチラシに目を落とした。

「ふ～ん。清さんがかえで荘にずっと住んでいる理由ってそれだったの。清さんて優しい人なのね。ちょっと見直しちゃった」

「清さんだけじゃないんだ。かえで荘に住んでいる人はみんな、心が温かいんだ。クセは人一倍強い人たちなんだけどね。この前、芸人の多聞さんのテレビ出演が決まった時なんかもみんな大喜びでさ。心底、喜んでるんだ。毎週、テレビの前で必勝ハチマキを締めて応援したりしてさ。みんなの顔を見ていたら僕まで嬉しくなってくるんだ」

そう言って信吾は無邪気に笑った。きららはクスリと笑って、

「何だか嬉しそう」

「そうかな」

「そうよ。だって、さっきから笑いっぱなしだもん。信吾君があのかえで荘から引っ越したくないって理由が、何だかわかったような気がする」

きららは信吾の足もとにある紙袋の中から、さっとチラシの束を抜き取った。

「私にも、手伝わせて」

「でも、授業があるんだろ」

「いいの、いいの。信吾君の嬉しそうな顔、ずっと見ていたいから。ね、いいでしょ」

「うん。助かるよ」

駅前の雑踏の中、信吾ときららは照れたように笑った。


これといった手がかりもないまま3週間が過ぎた。気ばかりが焦り、思い通りに進まぬ捜索活動に、かえで荘のみんなの顔に疲労の色が色濃く現れている。玄関先に掲げた垂れ幕の文字も、雨ににじんで今では泣いているようにさえ見える。

一平さんが繰り出す太鼓の音で信吾は浅い眠りから目覚めた。1週間後には決まってしまうかえで荘の運命を考えると、今さら寝つけそうにない。信吾は布団を押入れに仕舞い、ジーンズとTシャツに着替えて部屋の外へと向かった。ひだまり公園のトイレにいくためだ。

この時間、かえで荘の共同トイレは異常なほど込み合っている。そのことは、もうすでに経験でわかっていた。信吾は公園のトイレを使うため、玄関でスニーカーに履き替えた。

ふと見ると、下駄箱の上に飾ってある星取り表の薔薇の数が9個になっていた。もう1週勝ち抜けば、多聞さんに念願のレギュラー番組が与えられる。多聞さんの芸は、テレビ初出演の頃とは比べものにならないくらいに上達していた。それは、素人の信吾にもわかるほどだ。今では王者の貫禄すら漂っている。心配事を抱えていることを微塵も感じさせない多聞さんの芸に、信吾は感心するばかりだった。

公園のトイレから出てきた信吾の目に、ベンチに座っている清さんの姿が映った。清さんは焦点の定まらない目つきで、ぼんやりと前を見つめている。信吾は斜めに公園を横切って、清さんの隣に何も言わずに座った。清さんは信吾を認めると、薄い笑みを浮かべて再び前を見つめた。信吾は言葉を捜した。今回のことで一番ショックを受けているのは、清さんであることは間違いない。前に突き出した清さんの腹は、この3週間で幾分小さくなったように見える。打ち拉《ひし》がれた今の清さんに、どんな言葉をかければいいのだろう。長い長い沈黙が続き、清さんがぽつりと呟いた。

「……もう、ダメかも知れねぇな」

小さく舌打ちをして、清さんの顔が悔しさに歪んだ。いつも先頭を切って前だけを見つめて突き進んでいた清さん。その清さんが吐いたはじめての弱音。はじめて聞いた不釣り合いな言葉に信吾は激しく狼狽《ろうばい》した。ややあって、清さんは頭を掻きながら言った。

「ついカッとなっちまって、榎本の野郎の罠にはまっちまった。しょうがねぇよな、俺も」

「……」

「よくよく考えると、榎本の言う通りかも知れねぇよな。5年間も音信不通の人間が、突然帰ってくるわけがねぇもんな」

「……」

「でもよ、俺、本気で待っていたんだ。カミさんたちが帰るのを、ずっと信じて待っていたんだ。今だって……」

そこまで言った清さんは言葉を飲み込んだ。清さんはポーズで待てる人では決してない。そんな計算ができるほど器用な人ではない。そんなことくらい、つき合いの短い信吾にもわかっていた。キャッチボールをする子供を、清さんは目を細めて見つめていた。いつか公園で見せた清さんのあの時の目が、如実にそのことを物語っている。宙に視線を投げた清さんは屈託のない笑みを浮かべて言った。

「楽しかったな、かえで荘での生活。金なんか全然なかったけどよ、何かこう、毎日生きてるって感じがしてたもんな」

清さんは遠慮気味に信吾の顔に視線を向けた。

「信吾にも悪いことしちまったな、とんだトラブルに巻き込んじまって。このままでいけば、俺たちはあと1週間でかえで荘をおん出される。だから、信吾。捜索活動なんかもうやめて、早いとこ次のアパートを見つけた方がいいぜ」

「清さん。本当に、それでいいんですか？」

「……ああ。カミさんたちも、とっくに俺のことなんか忘れてるだろうしな。俺もカミさんと息子のことは、もう忘れることにするよ。もっとも、かえで荘が壊されれば嫌でも忘れちまうと思うけどな。がはは……」

そう言って清さんは声を上げて笑った。溢れるほどの悲しみを、必死でごまかそうとしている清さんの姿が信吾にはかえって辛かった。


捜索活動を終えて帰宅した信吾は、部屋の前で歩みを止めた。ドアノブに手をかけると、清さんの部屋のドアが勢いよく開き、ドアの隙間からいつもの人なつっこい笑みを浮かべた清さんの顔が覗いた。その顔には、朝方ひだまり公園で見せた気弱な影はもうない。

「お疲れ」

「お疲れさまです」

「何か、収穫はあったか？」

信吾は目を伏せながら黙って首を横に振った。

「そうか」

そう言って清さんはニコリと笑ってうなずいた。親指を顔の横に突き立てて、それを自分の部屋の方にひょいと向ける。

「俺の部屋へきな」

信吾は清さんに続いて部屋に入った。部屋の中にはむせ返るほどの湯気が立ちこめている。湯気の向こう側にはかえで荘のみんなの顔がある。6月だというのに、みんなで寄せ鍋をやっているようだ。胡座をかいた清さんが信吾を見上げながら言った。

「鍋をやってるんだ。信吾も座れよ」

「また、鍋ですか。好きですね、鍋が」

清さんの横に座りながら、信吾は呟くように言った。

「ああ。みんなで宴会をする時は決まって鍋よ。暑さなんかに、負けていられるかってんだ」

そう言って清さんは鍋の中にある白菜を箸でつまみ上げた。小鉢に入れたポン酢にそれをちょんとつけ、口の中に放り込む。

「アチッ！」

慌てて口を押さえる清さんを見てみんなは一斉に笑った。ワラジ虫のように体を折り曲げて床に転がった満作さんが、

「ははは・・・。慌てて食うからじゃよ」

「そうですよ、清さん。白菜は熱がこもりやすいので、よ〜く温度を下げないと危険ですよ」

「わかってるよ、そんなこと。子供じゃねぇんだからよ」

一平さんの言葉に清さんは唇をつんと尖らせながら答えた。信吾に目をやったクマケンさんが長ネギを箸でつまみながら、

「信吾ちゃん。食べて、食べて。遠慮してるとみんなに食べられちゃうわよ」

「はい」

そう言って信吾は箸と小鉢を持ち上げた。ぐつぐつと音をたてている鍋の中に箸を突っ込みながら、誰ともなしに信吾は尋ねた。

「前から聞こう聞こうと思ってたんですけど、どうしていつも鍋なんですか?」

「かえで荘では、嬉しい時も悲しい時も、みんなで鍋を食うことに決まってるんだ」

壁に背をあずけた多聞さんが、コップに入った酒を見つめながら言った。信吾は鍋の中のあさり貝を箸でつまみ上げながら、

「そうなんですか。で、今日は何のお祝いなんですか?」

「……」

信吾がそう言うと、さっきまでうるさいくらい賑やかだった清さんの部屋からぴたりと笑い声が消えた。信吾は悪戯が見つかった子供のような目で、みんなの顔色をさっと窺った。かえで荘のみんなは目を伏せて固まったように動かない。

「祝いなんかじゃねぇよ」

目を伏せたまま清さんがそう言った。信吾の視線に気づいた清さんは、またいつもの人なつっこい笑みを浮かべながら言葉を続けた。

「最後の晩餐《ばんさん》って奴さ」

「……」

途端に、部屋の中の空気が梅雨空のようにどんよりと重たくなった。みんなの顔に視線を走らせた清さんが努めて明るく言った。

「何だ、何だ、お前たち。また、通夜みてぇに暗くなっちまってよ。最後くらいはかえで荘の住人らしく、パーッと明るくやろうぜ。パーッとよ。ほら、信吾も鍋をつっつけよ。今日の鍋はゴージャスだぜ。何てったって鶏だんごが入ってるんだからな。俺たちの鍋に、肉が入ってることなんてまずねぇんだから。ほら、ほら。遠慮せずにじゃんじゃん食えよ。がは……」

清さんにつられてかえで荘のみんなは笑った。でも、その笑い声はどこか弱々しく寂しく聞こえた。最後の晩餐を必死で明るく過ごそうとするみんなの姿が、やけに悲しかった。ぐつぐつと煮える鍋の音が一層大きく信吾の耳に届いた。鶏だんごを熱そうに飲み込んだ清さんが、思い出したように言った。

「そう言えば、一平が2回目の不合格通知を受け取った時だったかな。ほら、一平の部屋で残念会をやってたら、すんげぇ地震があっただろ？」

一平さんは片頬に薄い笑みを浮かべながら、

「覚えていますよ。震度6の大地震でしたからね」

「みんなで鍋やってたら、急にかえで荘が壊れるんじゃねぇかと思うくらい揺れはじめてよ。俺、思わず揺れている壁を手で押さえたんだよ。やっと揺れが収まって振り返ったら、みんなも同じように壁を押さえてんの。笑っちまったよ、俺。で、よく見たら、満作ひとりだけがテーブルの下に隠れてんのよ。薄情者だぜ、この老いぼれじいさん。自分ひとりだけ、助かろうと思ったんだぜ」

「それは誤解じゃよ。あの時も言ったが、わしは地震を止めようとテーブルの下で床を押さえていたんじゃ」

満作さんが慌ててそう言うと、かえで荘のみんなは一斉に笑った。清さんは涙を拭きながら、

「がはは……。そうは見えなかったけどな、俺には。揺れが収まってテーブルの下から出てきた時のお前の目は、まずいところを見られたって感じでそこら辺を泳いでたぜ」

「けど、本当なんじゃ」

「そうか、そうか。んじゃ、そういうことにしてやるよ。がはは……」

清さんが笑い飛ばすと、満作さんは不貞腐れたように鍋をつっつきはじめた。

「あの地震のおかげで、私、大変なことになったんだから」

眉毛を段違いにしてクマケンさんが言った。すかさず清さんが、

「どうした、クマケン」

「急に雨漏りがひどくなっちゃってね。大家さんに言ったんだけど、なかなか直してくれないのよ。仕方がないから、私、しばらくの間部屋の中にテントを張って暮らしてたのよ。部屋の中でアウトドア気分を満喫してた人って、私くらいのものよね」

「がはは……。そりゃそうだ」

かえで荘のみんなは楽しそうに笑った。大切に胸の中に仕舞い込んである思い出のひとつひとつを、まるで懐かしむかのように。手垢やホコリでどんよりと黒ずんだ部屋の中には、みんなの笑顔だけが眩しいくらいにキラキラと輝いていた。しばらくして一平さんがぬっと立ち上がった。ドアの方に向かって歩く一平さんの背中にクマケンさんの声が飛んだ。

「一平ちゃん、どこいくのよ」

「ちょっと、トイレへ」

「私もちょうど、トイレにいきたいと思っていたところなの。レディーファースト。私が先よ」

そう言ってクマケンさんはすっくと立ち上がり、ドレスの裾を直した。長い髪をかき上げながら一平さんは低い声で言った。

「クマケンさんも、おかしなことを言う人ですね。いいですか。レディーファーストと言い

ますけど、大体クマケンさんはレディーじゃないじゃないですか。それに、トイレへいくという意思表示をしたのは僕の方が先です。つまり、トイレを先に使用する権利は僕にあるということです」

「キーッ！　悔しい！　私の方が、あんたよりも年上なのよ。それに、かえで荘に住みはじめたのだって、私の方が先なんだから。ごちゃごちゃ言わないで先輩に譲りなさいよ！」

「いいえ。譲りません！」

一平さんとクマケンさんは、拳を固く握り締めて睨み合ったままぴくりとも動かない。とその時、ふたりの間に割って入るように、清さんの澄んだ声が飛んできた。

「だったら、一緒にやっちまえばいいだろ」

「え」

素頓狂な声を上げた一平さんとクマケンさんは、清さんに視線を走らせた。清さんはのっぺりとした顔に笑みを浮かべ、部屋の奥に向かって顎をひょいとしゃくった。しゃくった顎の先には白く曇った窓がある。ぐいと酒を呷《あお》った清さんは、膝に手を突いてゆらりと立ち上がった。

「よっしゃ。俺たちも連れションといくか」

そう言って清さんはニヤリと笑った。

「そうじゃな。久しぶりに、みんなでやりたいの」

「うん。やろう、やろう」

満作さんと多聞さんが嬉しそうに立ち上がった。さっきまで睨み合っていた一平さんとクマケンさんまでもが、急に笑顔を浮かべて忙しなくうなずいている。意味がまるでわからない信吾は、口をぽかんと開けたまままみんなの顔を見上げている。ズボンのジッパーに手をかけながら清さんが言った。

「信吾もやろうぜ、連れション」

「…連れションて、どこでするんですか?」

「あの窓からするんだよ」

「え」

信吾は、部屋の中の熱気でたっぷりと汗をかいている窓に目を走らせた。

「みんなで集まった時には、たまにやるのよ。信吾は知らねぇかも知れねぇけどよ、連れションは俺たちにとって一種のコミュニケーションて奴なのよ。気持ちいいぞぉ。何だか、子供の頃に帰ったみてぇな気分でよ。信吾もやろうぜ」

清さんはそう言って屈託のない笑顔を向けた。清さんの後ろには4つの笑顔が輝いている。信吾にはその笑顔が何だかとても悲しかった。かえで荘での一瞬々々の出来事を、しっかりと心に刻み込もうとするみんなの姿がいじらしく思えたからだ。

「やりましょう、連れション」

「そうこなくっちゃ」

かえで荘の6人は、窓際に身を寄せ合うようにして一列に並んだ。クマケンさんはドレスの裾をたくし上げて、5人はジッパーを下げてパンツの中からチンポコを引っ張り出した。さまざまな形をした6本のチンポコが、生暖かい夜風を受けてずらりと並んだ。清さんは天を仰いで声を張り上げた。

「せーの！」

清さんの号令とともに、6本のチンポコの先端から6本の黄色い液体が勢いよく飛び出した。みんなの放った小便は放物線を描き、けたたましい音を辺りに轟かせ、やがて地面に吸い込まれていった。

「どうだい、信吾。気持ちいいだろ」

「はい」

「そうだろ、そうだろ。がはは……」

そう言って清さんは夜空を見上げながら嬉しそうに笑った。小便の激しい音と清さんの甲高い笑い声が、無数の星が瞬く星空に吸い込まれるように消えていく。しばらくして、夜空を仰いだまま清さんが言った。

「みんな……」

そこまで言って、清さんの言葉はぴたりと途切れた。かえで荘のみんなは次の言葉を待った。ややあって、清さんは努めて明るく言った。

「みんな、元気でな」

清さんがそう言うと、かえで荘のみんなは夜空を仰ぎながら、唇を真一文字に結んで大きくうなずいた。あれほど激しかった小便の音が、徐々に力ない音に変わっていく。まるで蠟《ろう》燭《そく》の炎が消えていくように。信吾はかえで荘との別れが近いことを感じずにはいられなかった。かえで荘のみんなは小便の雫を振り払い、チンポコをパンツの中に仕舞い込んだ。ジッパーをきつそうに上げながら清さんが言った。

「信吾。たまには連れションもいいもんだろ」

「はい」

「でもよ。何年間もみんなでこの窓から連れションしてるとな、不思議なことにこの窓の下だけ雑草が生えてこねぇんだよ。俺たちのションベンの中に、除草剤でも入ってんのかな。がはは……」

そう言いながら清さんは、さっきまで自分が居た場所にどっかと座った。みんなも鍋を囲むようにもとの場所に座る。酒が進むにつれ、やがて話題は自然とかえで荘の思い出へと流れていった。みんなは別れを惜しむかのように、かえで荘の思い出を語り合った。木造・築45年のおんぼろアパートのかえで荘の思い出は、どれもこれも眩いくらいにキラキラと輝いていた。

どれくらいの時間がたったのだろう。ひとりで気を遣っていたせいだろうか、気がつくと清さんは首をだらりと落して眠り込んでいた。清さんの顔を覗き込んだ満作さんが小さな声で、

「眠ってしまったみたいじゃの」

「ええ。清さんは人一倍気を遣う人ですからね。今日だって、誰よりも悲しいくせに、一番はしゃいでいましたからね。疲れが一気に出たのでしょう」

鱈の身を口に運びながら一平さんが言った。すると突然クマケンさんが、テーブルの上にコップを乱暴に置いて声を荒げた。

「私、かえで荘と別れるなんて、絶対に嫌！」

「……」

「ね。みんなは本当にいいの？」

「……」

「このかえで荘と別れても、本当に平気なの？」

「平気なわけがないじゃろ！」

満作さんは自分の膝を拳で殴りつけた。今にも泣き出しそうな顔をして、震える声で言葉を続けた。

「嫌じゃと思うとるのは、何もクマケンだけじゃないわい。わしらみんな、死ぬほど嫌じゃ

よ。でも、仕方がないんじゃ。わしらは榎本とそういう賭けをしてしまったんじゃからの」

そう言って満作さんはがくりと首をうなだれた。クマケンさんは身を乗り出し、なおも満作さんに詰め寄った。

「ね、満作さん。かえで荘と別れないですむ方法ってないの？　私たち、手を拱《こまね》いてるしかないの？」

満作さんはテーブルの上に視線を張りつけたまま、凍りついたように動かない。清さんの部屋の中に、どんよりとしたどす黒い雲が影を落しかけたその時だった。一筋の光が差し込むように落ち着き払った声が飛んだ。

「ひとつだけ、方法がある」

さっきから思い詰めたような表情を浮かべていた多聞さんが、コップの酒を見つめながらそう言った。


清さんを除くかえで荘の5人は、『勝ち抜きお笑いバトル』を放送しているテレビ局へと向かっていた。多聞さんはもうすっかり有名人で、何人かの通行人がくすくすと笑いながら通り過ぎていく。中には多聞さんお得意の『はいっ、はいっ、はい～っ！』というギャグを、身振り手振りを交えてまねる人もいるくらいだ。その度、多聞さんは嫌な顔ひとつせずに微笑みながら頭を下げていた。

テレビ局が近づくにつれ、そんな多聞さんの顔にも緊張の色が現れはじめた。何も言葉を交わさなくとも、そのただならぬ緊張は多聞さんの後ろを歩く4人にも痛いほど伝わってくる。多聞さんを先頭に歩くかえで荘の5人は、テレビ局の自動ドアを潜った。

名刺交換をしているスーツ姿のビジネスマン。重そうな荷物を運ぶテレビ局員。派手な衣装を着込んで歩く芸能人……。春の日差しをたっぷりと吸い込んだロビーは、活気に満ち溢れていた。受付の女性社員と話し込んでいたディレクターの関根が、ちらりと多聞さんに視線を走らせた。多聞さんを認めると、関根は人のよさそうな笑みを浮かべながら言った。

「多聞ちゃん、おはよう」

「おはようございます」

ぺこりと頭を下げた多聞さんは、微笑みながら小走りで関根に近づいていく。関根は悪戯っぽく顔を歪め、少し出てきた多聞さんのお腹を丸めた台本でぽんと叩いた。

「今日も頑張ってよ。期待してるからね、多聞ちゃん」

「はいっ、はいっ、はい〜っ！」

多聞さんは手足をばたつかせながら声を張り上げた。

「いいね、いいね、多聞ちゃん。本番もその調子で頑張ってよ。くく……」

関根は顔を真っ赤にして腹を押さえながら笑っている。押し殺したように笑うのが関根の癖だ。顔を皺くちゃにして笑っている関根に、多聞さんは四角い顔を近づけた。

「関根さん。ちょっとお願いがあるんですけど……」

「くく……。何?」

「実は、アパートのみんなが応援にきてくれてるんですよ。みんな、テレビ局にくるのははじめてなもんで、どうせなら見学も兼ねて応援をしたいって言うんですよね。それでどうですかね、関根さん。副調整室で応援させていただくわけにはいきませんかね?」

関根は少しだけ困った表情を浮かべ、ひと固まりになったかえで荘の一団に視線を走らせた。関根の視線に気づいたみんなは、渾身の笑みでそれに応える。関根は頭を掻きながら、

「困ったな。副調整室は関係者以外立入り禁止なんだよね」

「そこを何とか……」

多聞さんは両手を合わせて上目遣いに関根を見つめた。しばらく考え込んでいた関根は、丸めた台本をぽんと掌に当てて言った。

「わかった。10週目だし、それに多聞ちゃんの頼みだ。許可するとするか」

「ありがとうございます」

そう言って多聞さんは深々と頭を下げた。くるりと向き直った多聞さんは、頭の上に両手で大きな輪をつくり、心配顔で見つめているかえで荘の4人にオーケーサインを送った。その途端ロビーに、かえで荘の一団から沸き起こった歓声が轟き渡る。関根は顔を歪め、耳の穴に指を突っ込みながら言った。

「賑やかなのは多聞ちゃんだけかと思ったら、アパートの人たちも随分と賑やかなんだね」

「はいっ、はいっ、はい〜っ！」

多聞さんは嬉しそうに声を張り上げて、さっきよりも派手に手足をばたつかせた。

「くく……。わかった、わかった。くくく……。それじゃ、アパートの人たちは、多聞ちゃんの控室で待っててもらってよ。後で誰かに迎えにいかせるからさ。くくく……」

関根は引きつるような独特の笑い声を上げながら、仕事に戻っていった。小さくなっていく関根の背中を、多聞さんはただ黙って見つめている。今にも泣き出しそうな多聞さんの目が信吾には辛かった。しばらくして多聞さんは、何かを吹っ切ったかのように落ち着き払った調子で言った。

「さあ、いこうか」

多聞さんはかえで荘の４人を引き連れて控室に向かった。継ぎ足し継ぎ足し建てたテレビ局の中は、まるで迷路のようだ。階段を上ったかと思えばすぐまた下り、気を許すと自分が今どこにいるのかさえもわからなくなる。歩きはじめてから10分くらいたった頃だろうか、先頭を歩いていた多聞さんがぴたりと歩みを止めた。見ると、ドアの脇には『ナンシー多聞様』と書かれたプレートがある。多聞さんの控室だ。多聞さんに続き、かえで荘の４人はぞろぞろと部屋の中に入っていった。

部屋の中は畳敷きで８畳ほどの広さがある。左手の壁には化粧台。部屋の中央には小さなテーブルがある。煙草のヤニと日焼けで、白かったはずの壁紙はすっかり黄色くなっていた。

「みんな、遠慮しないで休んでよ。俺、着替えるからさ」

衣装の入った黒いバッグを壁際に置き、多聞さんは着替えはじめた。ボロボロのジーンズを脱ぎ、紫色の派手なスーツを着込んだ多聞さんが鏡の前に座った。ポマードを指ですくい、それを万遍なく髪に塗り込んで櫛を入れる。

鏡の中には、かえで荘の103号室に住んでる多聞さんではなく、テレビで見る漫談師のナンシー多聞がいた。多聞さんはドーランを塗る手を休め、ぐるりと部屋の中を見回した。

「この部屋にくるのも、これが最後か……」

感傷に浸るのは自分の柄ではないとでも思ったのだろうか、消え入るような小さな声で言った多聞さんはいつもの調子で喋りはじめた。

「ほら、そこに大きな穴があるでしょ。それ、小林ケンジさんが空けた穴なんだってさ。ほら、あの渋い演技をする俳優、いるじゃない？　小林ケンジさんてさ、今でこそ大御所って感じだけど、昔は『ケンジ・リュウジ』っていうコンビ名で漫才やってたらしいんだよね。で、ネタ合わせの最中に相方とケンカになっちゃって、相方のリュウジさんを殴っちゃったんだってさ。その時空けた穴がそれらしいんだよね。俺、その話聞いた時に体がぶるぶる震えちゃってさ。だって縁起のいい部屋ってことだろ、それって。俺も、小林ケンジさんみたいにウレるのかなぁなんて、勝手に思っちゃったりしてさ。バカみたいだよね、俺も。ははは……」

「……やっぱりやめんか、多聞」

じっと下を向いて多聞さんの話を聞いていた満作さんが、突然顔を上げてそう言った。多聞さんはドーランを塗る手を休めて思わず振り向いた。

「え」

「多聞。無理することなんかないんじゃぞ」

「無理なんかしてないよ、満作さん。はは〜ん、ひょっとして俺のことを心配して言ってくれてるのかい？　ははは……。大丈夫だって。俺なら平気だよ」

「嘘をつけ。平気なわけがないじゃろ」

「……」

「毎日夜遅くまで、ひだまり公園で稽古しているお前のことを、わしらが知らないとでも思っとるのか。お前は根っからの芸人じゃ。芸が好きで好きで堪らん人間じゃよ、お前は」

「……」

「髪を固めて派手な服を着たナンシー多聞が、お前には一番似おうとる。一番、素敵じゃて」

「……」

「いいか、多聞。ひょっとしたら、この世界で食っていけなくなるかも知れんのじゃぞ。わしらのやろうとしていることは、それくらいのことなんじゃぞ。昨日は、お前の意志の強さにわしは思わずうなずいた。じゃがな、今のお前を見ていたら、わしが間違っていたことがはっきりわかったんじゃ。お前から夢を奪うなんてこと、わしにはできん。もう、かえで荘のことはあきらめよう。だから、多聞。お前は、夢だけを追い続けてくれ」

「でも、そんなことをしたら、かえで荘が……」

「かえで荘を守りたい気持ちはわかる。みんな、多聞と同じ気持ちじゃ。じゃがな、誰かを不幸にして手に入れた幸福など、本当の幸福ではないんじゃ。お前の頑張りは、わしらが一番よくわかっとる。裏切り者だなんて、わしら誰ひとり思わんて」

満作さんの言葉にかえで荘の4人は何度も何度もうなずいた。多聞さんが口を開こうとした瞬間、それを遮るかのようにノックの音がした。多聞さんが返事をすると、アシスタントディレクターがドアの隙間から気の弱そうな顔を覗かせた。

「そろそろ本番がはじまりますので、応援のみなさんは副調整室にお越しください。それとナンシー多聞さんは、準備ができ次第スタジオにお願いします」

その声に促され、4人は釈然としないままぞろぞろと部屋の外へと向かっていった。すると多聞さんが、ドーランを塗りながら鏡越しに言った。

「みんな、ありがとう。みんなのおかげで、今日は頑張れそうな気がしてきたよ。今日は、とっておきのナンシー多聞節を聞かせるからさ。だから……ゴメン」

「いいって、いいって。その代わり、いいか、多聞。負けたら承知しないからな。日本中を笑わせてやるんじゃぞ」

そう言った満作さんと多聞さんの目が鏡の中でかちりと合った。

「はいっ、はいっ、はい～っ！」

多聞さんは、控室が壊れるんじゃないかと思うくらいの雄叫びを上げた。控室から出る時に、信吾はちらりと多聞さんに目をやった。鏡を覗き込む多聞さんの大きな背中は、泣いているように小さく震えていた。


かえで荘の４人は、アシスタントディレクターの姿を見失わないように注意深く巨大迷路を進んでいった。しばらくするとアシスタントディレクターは、『第３スタジオ』と書かれたドアの前で歩みを止めた。『勝ち抜きお笑いバトル』を放送しているスタジオだ。

鉄でできた重いドアを開けると、スタジオの中にはすでに１００人ほどの観客がスタンバイしていた。その脇をスタッフらしき人たちが、忙しそうに動き回っている。アシスタントディレクターは、観客の後ろ側にある鉄の階段に向かって歩いていった。その階段をこんこんと小気味よい音を上げながら上っていく。階段を上りきった先には『副調整室』と書かれた鉄のドアがある。アシスタントディレクターは鉄のドアをゆっくりと開けた。

「みなさんを、お連れいたしました」

部屋の中は薄暗く、壁にはいくつものモニターが埋め込まれている。部屋のあっちこっちには、映像や音声を制御する機械がきちんと整理されて置いてある。かえで荘のみんなは、もの珍しそうに部屋の中をぐるりと見回した。

「先程はどうも」

暗闇の中から聞き覚えのある声がした。見ると、台本に目を通していたディレクターの関根が人のよさそうな笑顔を向けている。一番年上の満作さんは、ぺこりと頭を下げながら言った。

「今日は、お世話になります」

「とんでもない。それじゃ、アパートのみなさんはそこのソファーにでも座っててもらおうかな。もう少しではじまりますから」

関根の言葉に促され、かえで荘の4人はソファーに座った。信吾はモニターの上にかけてある時計にさっと目をやった。もうすぐ『勝ち抜きお笑いバトル』の放送がはじまる。今頃清さんはみんながいないことに腹を立てながらも、額に必勝ハチマキをきりりと締めてテレビの前で正座をしているに違いない。関根の横に座っていたタイムキーパーが、やにわに声を張り上げた。

「1分前です」

途端に、副調整室の中に緊張が走った。緊張というものは伝染するみたいで、その緊張はかえで荘のみんなを凍りつかせた。

「30秒前……20秒前……10秒前……」

タイムキーパーがカウントダウンをはじめる。

「3……2……1……キュー」

テーマ曲が流れ、黒いタキシードを着た司会者が弾かれたようにステージの中央に躍り出た。拍手の渦の中、司会者は審査員とチャレンジャー、そしてチャンピオンの多聞さんを紹介する。さすがに多聞さんのトークは堂に入ったもので、的確に観客の笑いをとっている。さっきの控室でのやり取りで何かが吹っ切れたのだろうか、それは副調整室に張り詰めた緊張を和らげるほどだ。

コント、物マネ、漫才と『勝ち抜きお笑いバトル』の放送は滞りなく進んでいった。4組のチャレンジャーの演芸が終わり、次はいよいよ多聞さんの出番だ。タキシード姿の司会者が右手をぴんと突き立てて『ナンシー多聞』とコールする。待ってましたとばかりに、スタジオを割れんばかりの拍手が包み込んだ。

しかし、何かが違った。いつもの多聞さんなら、弾き出されたような勢いでステージの袖から飛び出してくるのだが、今日の多聞さんは神妙な顔つきで袖からゆっくりと登場したのだ。食い入るようにモニター画面を睨みつけていたかえで荘の4人が、まずその異変に気づいた。ステージの中央で立ち止まった多聞さんは、観客に向かってぺこりと頭を下げる。そして静かに言った。

「……ゴメンなさい。……俺、今日、漫談はやりません。……俺、田所京子さんと圭坊に話があって今日ここにきました……」

多聞さんが途切れ途切れにそう言うと、客席から非難にも似たどよめきが起った。

「あのバカチンが！」

満作さんはそう言ってソファーから跳びはねた。副調整室に緊張が走る。ディレクターの関根は声を荒げ、

「何言ってんだよ、あのバカ！　おい、CMだ、CM！　CMにいけ！」

と、スイッチャーに指示を出す。しかし関根の焦りに反して画面は多聞さんの姿をしっかりと捉えたまま、CMに切り替わる気配はまるでない。

「何やってんだよ！　CMだよ、CM！」

そう言って関根はスイッチャーのいる左横の席を睨みつけた。見ると、スイッチャーはわなわなと体を震わせながら情けなく両手を上げている。それもそのはずで、後ろにはスイッチャーの後頭部に拳銃を突きつけたクマケンさんが立っていたのだ。

「殺されたくなかったら、私たちの言うことを聞くのね」

関根は勢いよく立ち上がった。

「何やってんだよ、このオカマ野郎！　早く、そこから……」

そこまで言うと関根は、あんぐりと口を開けたまま凍りついたように動かなくなった。

で言った。

顳顬《こめかみ》を、銃口の冷たい感触が襲ったのだ。拳銃を突きつけた満作さんが落ち着き払った調子
「見ればわかるじゃろ。テレビジャックじゃよ」

「……テレビ……ジャック……？」

気がつくと副調整室の中は、拳銃を手にしたかえで荘のみんなが完全に占拠している。タイムキーパーに拳銃を突きつけた一平さんが、眼鏡を指で持ち上げながら、

「でも、ご安心ください。多聞さんに放送を続けさせてくれさえすれば、みなさんに危害は加えませんから」

「おい、お前たち。そんなことをしたら、どうなるかわかってんだろうな」

「はい。わかっています。ちゃんと罰を受ける覚悟はできています。だから、多聞さんに放送を続けさせてください」

ドアの前で拳銃を持って立っている信吾が言った。関根は落ち着き払った目でみんなに視線を向けた。そして異変に気づいた。拳銃を突きつけられたスタッフよりも、むしろ拳銃を突きつけているかえで荘の4人の方ががたがたと震えていることに。関根は弾かれたようにインカムにつながるスイッチに飛びついた。

「カメラ、寄るんだ！　アップだよ、アップ！」

モニター画面いっぱいに、びっしょりと汗をかいた多聞さんの顔が映し出された。

「……京子さん。清さんね、あのおんぼろアパートのかえで荘に、まだ住んでるんだよ。京子さんがいなくなってからずーっと。どうしてだかわかるかい？　京子さんと圭坊の帰りを待つためなんだ。でもね、そのかえで荘は、今、大変なことになっているんだ。あと3日以内に、京子さんと圭坊が帰ってきてくれなければ、かえで荘は壊されちゃうんだよ。今の京子さんには、関係ない話かも知れないけれどさ。でもね、そうなったら清さん、どこでふたりの帰りを待てばいいんだよ。5年間も帰りを待っていた清さんは、どこへいけばいいんだよ。京子さんは知らないと思うけど、清さん、変わったよ。あんなに仕事人間だった清さんが、いいお父さんになろうと必死なんだ。信じられないかも知れないけれど。清さんの部屋の押入れには、小っちゃいグローブがあるんだ。そう、圭坊のグローブ。清さん、『いつか圭太と、キャッチボールをするんだ』って言っては、そのグローブを嬉しそうに磨いているんだ。何の約束もない、ただの夢のためにさ。そんな清さんの姿を見たら、みんなバカだって思うかも知れないね。でもね、俺、そんな清さんが大好きなんだ。誰が何と言ったってかっこいいと思うよ、俺。京子さん、帰ってきてもらえないかな。かえで荘のためじゃない。もちろん、かえで荘に住んでいる俺たちのためでもない。かえで荘で京子さんと圭坊の帰りを信じている清さんのために」

　そこまで言った多聞さんは、照れ臭そうに涙を拭って言葉を続けた。

「満作さん。やっぱり俺、言っちゃった。実を言うと、マイクの真ん前に立つまで悩んでいたんだ。9週間も必死の思いで闘い続けてきたんだもの、いくらバカな俺だって悩むさ。けど、マイクの真ん前に立った瞬間、やっぱり俺、言っちゃった。どうしてなのか、自分でもよくわからないよ。俺、芸が好きで好きで堪らないんだ。これからも、芸人やってこうと思ってるんだ。うまく言えないけど、だから言ったような気がするんだ。ほら、笑いって楽しいことだろ。それをやってる芸人が乾いていちゃダメだと思うんだ。だから、俺、言ったような気がするんだ。ゴメンなさい。俺の漫談を聞きにきてくれたお客さんには、悪いことをしたと思っています。俺、半端な人間だから、もう一度勉強し直してきます」

そう言って多聞さんは、ぺこりと頭を下げてステージの袖に引っ込んだ。抱え切れないほどのブーイングと怒号を背中にいっぱい受けながら。

多聞さんのいなくなったモニター画面を、いつまでも見つめている満作さんのつぶらな瞳に大粒の涙が溢れた。目を真っ赤に腫らした満作さんが震える声で叫んだ。

「かっこいいぞ、多聞！」

その声を合図に、かえで荘のみんなは天井に向かって拳銃の引金を引いた。その瞬間、4つの銃口から飛び出した色とりどりの万国旗が副調整室に舞い上がった。

放送終了後、かえで荘の5人は局長室に集められた。テレビジャックというテレビ局にとっては許し難い行為を働いたにもかかわらず、警察沙汰にはならなかった。それというのも、ディレクターの関根がかえで荘の5人をかばってくれたのだ。関根はかえで荘の5人にはまったく殺意がなかったことや、切羽詰まった犯行だったことを局長に強く主張してくれた。

そのおかげでかえで荘の5人は、向こう3年間の出入り禁止を言い渡されただけで釈放されたのだ。とはいえ芸人の多聞さんにとっては大問題だ。レギュラー番組はおろか、仕事の可能性まですべて奪われてしまったのだから。がくりと肩を落して局長室を出てきたかえで荘の5人に、呼び止める声が飛んできた。

「ビックリするじゃない、急にあんなことを言うんだもの」

振り返ると、人のよさそうな笑みを浮かべた関根が局長室のドアを背に立っていた。直ぐさま多聞さんが深々と頭を下げた。

「すいませんでした」

「俺、多聞ちゃんの『はいっ、はいっ、はい〜っ！』って奴、楽しみにしてたんだぜ。テレビジャックをするならするで、前もって言ってくれなくっちゃ。いきなり拳銃じゃ洒落んなんないよ。あれで10年は寿命が縮まったな。焼き肉をおごるくらいじゃすまないからね。くくく……」

「……」

「俺、テレビマンになって20年近くたつけどさ、はじめていい放送ができたような気がするよ。テレビってみんなのためにあるんだなぁって、モニターに映る多聞ちゃんの顔を見ながらつくづくそう思った」

「……」

「だからって、テレビジャックを歓迎してるわけじゃないからね。誤解しないでよ。くくく……」

関根は頭を掻きながら、多聞さんに向かって歩きはじめた。丸めた台本で多聞さんのお腹をぽんと叩き、

「3年たって出入り禁止が解けたら、俺のとこにきなよ。また一緒に仕事をやろうぜ」

そう言って関根はニコリと笑った。関根の言ったその一言が、多聞さんにとって唯一の救いだった。

テレビ局を出ると小雨がぱらついていた。どんよりとした重たい雲が、空一面に低く垂れ込めている。かえで荘の5人は先生に叱られた悪ガキのように、雨に濡れながら駅に向かってとぼとぼと歩いた。肩をがくりと落した満作さんが、多聞さんの様子をちらりと盗み見た。多聞さんは顔を覆っている無数の水滴を拭おうともせず、しっかりと前だけを見つめて歩いている。満作さんは恐る恐る尋ねた。

「多聞。本当に、あれでよかったんかの?」

少し後ろを歩いていた一平さんとクマケンさん、それに信吾の3人は、多聞さんにさっと目を走らせた。多聞さんは言葉を探している様子で、力ない視線を宙に投げた。ややあって、

多聞さんは満面に笑みをたたえて声を張り上げた。

「みんな、見くびってもらっちゃ困るな」

「……」

「俺は、『はいっ、はいっ、はい〜っ！』のナンシー多聞よ。ここで終わる俺じゃないさ」

すべてを失った多聞さんは、そう言って満足そうに笑った。その時、西の空を覆っていた黒い雲の隙間から太陽が顔を覗かせた。一筋の光が降り注ぎ、雨に濡れたみんなの体を優しく包み込んだ。


かえで荘の運命をわける榎本との約束の日がやってきた。黒塗りの高級車がかえで荘の正面にゆっくりと止まる。ドアを開けて降りてきたのは、榎本グループ社長の榎本とその秘書の神野だ。榎本は唇の端を露骨に歪め、まるで汚いものでも見るかのような目つきでかえで荘を見上げた。玄関の上に掲げた垂れ幕を、鼻先でふんと笑い飛ばしてドアを開ける。

玄関で綺麗に磨き込まれた革靴を脱ぎ、かえで荘の階段をどんどんと音をたてながら上っていく。脱ぎ散らかした色とりどりのスリッパを認めると、榎本は狙い澄ましたかのように勢いよくそのドアを開けた。清さんの部屋の中には、目を丸くして榎本を見つめるかえで荘のみんなの姿があった。

「これは、これは、みなさんお揃いで」

嫌味ったらしく榎本は言った。すると、部屋の隅で胡座をかいていた清さんが、

「社長さん。何しにきたんだい？」

「あなた方の、悔しがる顔が見たくなったものですから」

そう言って榎本はずかずかと部屋の中へ上がり込んできた。ぐるりと部屋の中を見回し、

「おや。田所さんの奥さんと息子さんの姿が、見当たりませんな」

と、わざとらしく言った。すると満作さんが唇をつんと尖らせながら、

「約束の時間は6時じゃ。まだ、2時間はあるわい」

「ははは……。みなさんは、まだそんなことを言っているのですか。ははは……。もう、このアパートのことはあきらめて、そろそろ引っ越しの準備をはじめた方がいいのではないですかね」

「奥さんと息子さんは、きっと帰ってくるさ！」

信吾は顔を伏せたまま声を荒げた。隣に座っているきららの体が小さく震えている。榎本は大きく息を吐き、呆れたように言った。

「そうですか。では、私たちもここで奥さんと息子さんの帰りを待たせてもらうことにしますよ」

榎本と神野は、部屋の真ん中に腰を下ろした。かえで荘のみんなはじっとしたまま、誰ひとりとして口を開こうとはしない。清さんの部屋には、息苦しいほどの重たい空気が漂って

いた。残酷な現実を連れて、容赦なく時間が追いかけてくる。やがてくる現実が鋭い牙を剝き、かえで荘を、そしてかえで荘に住むみんなを飲み込もうとしている。部屋の中には、時を刻む時計の音だけが響いていた。

無情に流れゆく時の速さを体の奥で感じながら信吾は思った。榎本の言う通り、5年間も音信不通だった人間が突然帰ってくるはずがないのかも知れない。その可能性は1パーセントにも満たないのかも知れない。しかし信じよう。信じてみよう。清さんだけのためではない。自分自身のために、最後の最後まで信じてみよう。

どれくらいの時間がたったのだろう。細かく唇を震わせた多聞さんが、ゆっくりと立ち上がった。窓を指さしながら呟くような小さな声で言った。

「…帰ってきた」

かえで荘のみんなは多聞さんを見上げた。満面に笑みをたたえた多聞さんは、清さんを見つめて震える声で叫んだ。

「清さん！　帰ってきたよ、京子さんと圭坊が！」

かえで荘のみんなは一斉に立ち上がり、窓の外に目をやった。

窓の下にはトランクを重そうに持つ京子さんと、その前を元気に歩く圭太くんの姿があった。ふたりの黒く長い影が道路に伸びている。

夕焼けがかえで荘のみんなの顔をオレンジ色に染めた。風を受けたカーテンが小さく脹らむ。清さんのつぶらな瞳から大粒の涙が溢れ出す。清さんは手の甲で涙を拭い、弾かれたように部屋の外へと飛び出した。かえで荘の5人ときららは、口々に意味不明の雄叫びを上げてその後を追った。みんなはひと固まりになり、階段が壊れるほどの勢いで駆け下りていった。榎本との賭に勝ったことなど、もうどうでもよかった。自分が信じきれたこと。そして信じたものに酬《むく》われたことが、ただひたすらに嬉しかった。

玄関の三和土には、京子さんと圭太くんが所在無げに佇んでいた。清さんは何やら忙しなくうなずきながら、京子さんと圭太くんを交互に見つめている。

「お帰り」

頬を伝う涙を照れ臭そうに拭い、清さんはいつもの屈託のない人なつっこい笑みを浮かべながら言った。京子さんは小さく微笑みを浮かべて、

「ただいま」

と、消え入るような小さな声で言った。そして多聞さんを認めると、深々と頭を下げた。清さんは京子さんの後ろで恥ずかしそうにしている圭太くんを抱きかかえた。5年前とは比べものにならないくらい重たくなった息子に、清さんは時間の長さを感じずにはいられなかった。その長い長い空白を埋めようと清さんは力一杯抱きしめた。

「圭太、大きくなったな」

「うん」

清さんを囲むように立っているかえで荘のみんなから、すすり泣く声が漏れた。クマケンさんは一平さんに抱きつきながら泣いた。多聞さんは声を殺して泣いた。満作さんは背を向けて泣いた。きららは信吾の手を握って泣いた。信吾もまた声を上げて泣いた。

信吾は父親がいなくなってから、誰にも涙を見せたことがない。まわりに、弱い人間だと思われたくなかったからだ。だからどんなに辛い時も、どんなに悲しい時も、信吾は決して泣かなかった。その封印したはずの涙が、今、信吾の頬を伝っている。信吾はきららの手を力一杯握り返した。そして思った。明日にでも父親に電話をしようと。今まで話せなかった分、いっぱい話をしようと。信吾の中で何かが確実に変わろうとしていた。

一平さんが打ち鳴らす太鼓の音で信吾は無理やり起された。枕もとの目覚まし時計に目をやると、時計の針は朝の6時を指している。信吾は眠い目をこすり、建てつけの悪い窓を開けた。窓の下ではいつものようにトレパン姿のクマケンさんがラジオ体操をしている。信吾は布団を押入れに仕舞い、トイレに向かった。階段を中ほどまで下りていくと満作さんの部屋から、

「トキばあさん、許してくれ〜！　わしが悪かった〜！」

と、悲鳴にも似た叫び声と一緒に、食器が派手に割れる音が聞こえてきた。階段を下りきると、チンポコの辺りを握り締めながらトイレのドアを叩いている清さんの姿が見えた。

「おい、多聞！　何のまねだ！　早く出ろよ！　俺の順番じゃねぇか！」

「ゴメン。我慢できなかったもんで」

「バカ！　俺だって我慢できねぇんだよ！　多聞！　いいから、早く出てこい！」

「清さん、ゴメン…あ」

多聞さんは情けない声を上げた。とその時、トイレの中から水の流れるような激しい下痢の音が聞こえてきた。かと思ったら、今度は鼻が曲がるくらいの強烈な匂いが漂ってくる。信吾と清さんは堪らず鼻をつまんだ。

一平さんには一平さんの、クマケンさんにはクマケンさんの、満作さんには満作さんの、多聞さんには多聞さんの、清さんには清さんの、そして信吾には信吾の、それぞれの朝が確かにそこにはあった。

かえで荘に、いつもと同じ朝がきた。

桜の散る町で

小麦色をした肌の上を、踊るように無数の水滴が跳ねた。

ベッドに腰かけた井上伸二は、ガラス越しに見える本田沙理奈の裸体を眺めながら舌舐りをした。ぶ厚い唇が、ねっとりとした唾液でぎらりと光った。

伸二と沙理奈は、お互いの名前すら知らない。30分ほど前にテレクラで知り合ったばかりなのだ。鳴りの悪い電話にあきらめかけていた時、伸二の電話が鳴った。それが沙理奈だった。ハスキーで淫靡《いんび》な声。耳の奥に響くその声に伸二はそそられた。沙理奈の目的は援助だった。金額は3万円。この辺の相場だった。伸二は即座に承諾《しょうだく》した。

待ち合わせ場所にいってみると、目を引く女が立っていた。髪はメッシュの入った茶髪で、赤いスウェットに黄色の派手なカラージーンズを穿いている。電話で聞いた通りの服装だ。伸二はそれが沙理奈だとすぐにわかった。伸二が声をかけると、沙理奈は小さく微笑んだ。想像以上の美人。伸二と沙理奈は軽く言葉を交わした後、真っすぐにラブホテルに向かった。今さら不必要な会話など何もいらない。

わずか数分前までは見知らぬ他人同士が、今はこうしてセックスをするためにラブホテルにいる。お気軽な時代になったものだと、レジメンタルのネクタイを緩めながら伸二は思った。スーツを乱暴に脱いだ伸二は、沙理奈のいるバスルームへと向かった。

バスルームのドアが開く音がした。沙理奈は伸二の気配を背中で感じたが、それには気づかぬ振りをしてシャワーを浴び続けている。その仕草が伸二を興奮させた。伸二は固くなったペニスを沙理奈の括《くび》れた腰に押し当てながら、弾力のある乳房を鷲掴みにした。張りのある肌が伸二の指を押し返してくる。

「おじさん、元気だね」

沙理奈は、黒くいきりたった伸二のペニスを握りながら言った。

「ここ最近ご無沙汰だからな」

「奥さんとすればいいのに」

「いろいろとあってね。だから、君のような若い体を見ると我慢できなくなるんだ」

伸二は沙理奈の体をまさぐりながら、首筋にキスをした。ぴちゃぴちゃといやらしい音をたてながら、伸二の唇が沙理奈の首筋を上下する。

「やっぱり若いな、君は。うちのとはえらい違いだ」

「……そんなこと言っちゃ、……奥さんがかわいそう」

沙理奈は途切れ途切れにそう言った。伸二は沙理奈の乳首を指先でつまんだ。ピンク色をした乳首が固く突起する。

「……あぁぁ……。そんなことしたら感じちゃうよ」

沙理奈は短く喘《あえ》ぎ、伸二の厚い胸にしなだれかかった。コントロールを失った銀色の水飛沫《みずしぶき》が宙を舞った。伸二は沙理奈の口を吸った。舌先で沙理奈の歯をこじ開けると、すかさず沙理奈の舌が絡みついてきた。やがて伸二の指は、沙理奈の括れた腰から薄い陰毛に隠

された場所へと這っていった。沙理奈はとまどいがちに顔を少し横に向け、

「ここじゃダメ。続きはベッドの上で」

と、甘えるように言った。伸二は唇の端を歪めて笑い、小さくうなずいた。伸二と沙理奈はバスタオルで体についた水滴を拭き、ベッドに向かった。

伸二はベッドの上に横になり、部屋の照明を少しだけ暗くした。伸二は興奮していた。何度も女を買ったことはあるが、こんなに興奮したことははじめてだ。沙理奈はベッドの横に立ち、焦《じ》らすかのように髪についた水滴を丁寧に拭っている。その仕草がさらに伸二を興奮させた。沙理奈はバスタオルを体に巻きつけながら、ちらりと部屋の時計に目を走らせた。

午後5時25分。

「君、早くこっちにおいで」

伸二の声に一瞬どきりとした沙理奈は、平静を装ってニコリと笑った。

「焦らないの。時間はたっぷりとあるんだから」

そう言って沙理奈は、伸二に寄り添うように横になった。むき卵のような張りのある肌が、伸二の肌に触れた。伸二は沙理奈の体に巻きつけてあるバスタオルを乱暴に剝ぎ取り、形のいい乳房にむしゃぶりついた。舌先がナメクジのように沙理奈の乳首を、腰を、太腿を這った。

「・・・・あぁぁぁ・・・・」

沙理奈の口から熱い吐息が漏れた。伸二は沙理奈の陰部に手をやった。ねっとりとした粘液が、ピンク色をしたヴァギナを覆っている。沙理奈は恍惚の表情を浮かべて、伸二のペニスを握った。それは、まるでひとつの生命を持った生き物のように脈打っている。沙理奈はいとおしむように、伸二のペニスに顔を近づけた。尖った舌先が黒光りする亀頭の上を滑る。ゆっくりとゆっくりと。

「……ううう……」

堪えきれず、伸二の喉の奥が鳴った。とその時、部屋のドアが勢いよく開いてひとりの男が飛び込んできた。沙理奈の恋人の秋山純平だ。純平はブルーのスカジャンをだらしなく着ていて、色の落ちたジーンズを穿いている。薄いオレンジ色のサングラスをしているせいだろうか、人相はかなり悪い。

「……純平」

驚愕《きょうがく》に唇を震わせながら、沙理奈が呟いた。わずか数時間前に沙理奈と知り合ったばかりの伸二に、純平の存在など知る由もない。伸二は口をぱくぱくとしながら、呆然と純平を見つめていた。純平は沙理奈を認めると、もの凄い形相でベッドに近づいてきた。

「このバイタが！」

そう言って純平は、沙理奈の左頬を打った。乾いた音と沙理奈の悲鳴が、部屋の中に響き渡った。すかさず沙理奈の長い髪を鷲掴みにして、

「てめぇ！　これは、どういうことだ！」

純平はきりきりと沙理奈の髪をねじ上げた。沙理奈の顔が苦痛に歪んだ。もはや伸二の顔に表情はない。

「おい、オッサン。純平は覗き込むようにして伸二を睨みつけた。

「……いや、……私は別に……」

「素っ裸で、別にもねぇもんだろうが！　あん！」

野太い声で言い放った純平は、懐からやにわにナイフを取り出した。刃先から、銀色の不気味な光がこぼれる。伸二は声にならない悲鳴を上げて、体をくねらせながら後退りした。さっきまでいきりたっていたペニスは力を失い、体の動きに合わせてだらしなく左右に揺れている。純平は逃げる信二に躙《にじ》り寄り、喉もとにナイフを突きつけた。

「オッサン。どうしてくれんだよ」

「たた助けてくれ」

純平はさらに形相を鋭くし、伸二のペニスを持ち上げた。

「へへ。結構りっぱなもん持ってんじゃねぇかよ。おい！　もう二度と悪さができねぇように、こいつをチョン切ってやろうか！」

「わわ悪かった。わわ私が悪かった。いくら欲しい？　好きなだけ持ってってくれ」

「何？」

「気に障ったんなら謝る。しかし、私にはそうすることしかできないんだ。な、頼む。頼むから金を持ってってくれ」

「へへ。そんなに言うんだったら、金で解決してやるか」

純平は左頬に笑みを浮かべてナイフを懐に仕舞った。うっすらと涙さえ浮かべた伸二は、ソファーに掛けてあったスーツを引き寄せ、内ポケットから革の財布を抜き取った。すかさずそれを純平が引ったくるように奪い取る。財布の中には、数枚のゴールドカードと現金があった。純平は現金だけをさっと抜き取ると、財布を伸二の顔に投げつけた。

「1万円とカードは返してやる。俺も鬼じゃねぇからよ」

言いながら純平は、その金をジーンズのポケットにねじ込んだ。伸二を鋭く睨みつけ、

「おう、オッサン。もしも警察にタレ込んだら……」

純平は、だらりと垂れ下がった伸二のペニスを鷲摑みにして言った。

「そん時ゃ、俺も鬼になるからよ。わかってんだろうな！」

「ははい」

そう言って伸二は小刻みに何度もうなずいた。純平は、ずり落ちたサングラスを指で持ち上げて振り返った。部屋の隅にはぶるぶると震える沙理奈がいる。

「いつまでも、そんなみっともねぇ格好をしてるんじゃねぇよ！」

純平の野太い怒鳴り声とともに、洋服が沙理奈の顔に投げつけられた。

ラブホテルを出た純平と沙理奈は、路地を走り抜けて駅前のビルに飛び込んだ。いい客がとれた時には、決まって利用する日本料理屋だ。８階の窓からは、街の雑踏がまるで違う世界の風景のように見える。注文した料理が運ばれてくると、すかさず純平は蟹の甲羅を鷲掴みにして細長いスプーンでほじくりはじめた。沙理奈は左頬をおしぼりで冷やしながら、そんな純平の姿をぼんやりと見ている。純平がちらりと沙理奈に視線を走らせた。

「まだ怒ってんのか？」

「当り前でしょ」

「機嫌直せって。ほら、食えよ」

純平はニヤつきながら、蟹の足を沙理奈の鼻先に差し出した。沙理奈はそれをぴしゃりと叩きつけ、

「口の中が切れてて食べられないの。純平のせいだからね」

「へへ。痛かったか？」

「痛いに決まってるでしょ。あのさ、純平。いつも言ってるでしょ、本気で殴んないでって。どうして本気で殴んのよ」

「へへ。名演技だったろ」

「痛そうに見せるのが名演技なの。痛かったら名演技でも何でもないじゃない」

「へへ。違ぇねぇ」

「バカ」

「でも、本気だからいいんだぜ。相手がコロッと騙されちまうのよ。へへ。さっきのオッサンも、俺たちがグルだなんて思っちゃいねぇぜ」

純平と沙理奈が美人局《つつもたせ》をはじめてから4年がたっていた。騙された相手の負い目も手伝ってか、警察沙汰になったことはまだ一度もない。

純平と沙理奈は養護施設で育った。境遇が同じふたりは兄弟のように育ち、傷を舐め合うようにして生きてきた。親がいないことで、理不尽ないじめに遭うことも多々あった。しかし大人たちは誰も助けてはくれなかった。ふたりの心は徐々に荒《すさ》んでいった。荒れた生活の中で学んだことは、人を憎むことだけだった。いつしかふたりは、自分以外の人間はすべて敵だと思うようになっていた。

純平は中学生の時からヤクザまがいのことをしていた。恐喝、強盗、密売……。自分を守れるのは自分しかいないということを幼い頃から感じていた純平は、世間に向かって野良犬のように吠え捲《まく》った。そんな純平に寄り添うように、沙理奈はいつも一緒にいた。沙理奈にとって純平こそが、幸福感をもたらしてくれる唯一の存在だった。

「ね、純平。アタシ、前から気になってたんだけどさ。どうして1万円残しておくの?」

「ああ、あれ。あれは逃げ道よ」

「逃げ道?」

「追い詰められた人間はとんでもねぇことをするもんよ。警察にでもタレ込まれちゃ堪んねぇから、ちゃんと逃げ道を用意しておいてやるのよ」

「ふうん。ちゃんと考えてんだ」

「へへ。当然よ。ま、体で覚えた知恵って奴。こっちとらぁ、悪党のプロだからよ。その辺の小便臭ぇ小悪党とはわけが違うぜ」

純平は蟹の身を頬張りながら片目を閉じてみせた。

「で、さっきの客からいくら巻き上げたのさ」

「8万」

「8万も。この不景気の時代に、持ってる奴は持ってんだね」

「今日はついてる。おい、沙理奈。もうひと稼ぎしようぜ」

「うん」

純平と沙理奈の肩越しに、テレクラの看板のネオンがきらりと光った。


ラブホテルを勢いよく飛び出した純平と沙理奈は、人通りの少ない通りへと走った。大きな通りを左に折れ、車1台がやっと通れるくらいの細い路地へと向かう。バッグを左手に持ち変えながら、沙理奈が強い調子で言った。

「10分も遅れるなんて、一体何考えてんのよ。もう少しで、やられちゃうところだったんだからね」

「うるせぇな。悪いのは、ルームナンバーをちゃんと伝えねぇお前だろうが」

「アタシはちゃんと言ったよ」

「電波の調子が悪くて、よく聞こえなかったんだよ」

「ふん。本当かどうだか。オツムだけかと思ったら、今度は耳まで悪くなったんじゃない？」

「うるせぇ！」

　ふたりの言い争う声が暮れゆく街に消えていった。

その後、沙理奈は数人の男とアポをとった。しかし、どれもこれもヒヤカシばかりで客は一向にとれない。辺りはとうに暗くなっていた。ある客との待ち合わせ時間から10分が過ぎた頃、沙理奈の携帯電話が鳴った。電話の相手は純平だった。見ると、通りの向こう側にある電信柱に純平が体をあずけて立っていた。

「ついてねぇや。今日はもうよそうぜ」

「うん」

「そうだ。気晴しに、夜桜見物にでもいかねぇか？」

　5月の中旬。今朝のニュースでは、やっと釧路にも桜のシーズンが訪れたことを告げていた。

「そうだね」

沙理奈はうなずき、電話を切った。客との待ち合わせに使っている場所から公園までは、歩いて15分ほどだ。純平はジーンズのポケットに手を突っ込んで、肩をいからせながら歩き出した。美人局以外の目的で、純平と歩くのは久しぶりだ。沙理奈は純平の広くて大きな背中が好きだった。肩で風を切って、どんどんと歩く逞しい背中。

ひとりではない。もうひとりではないのだ。沙理奈は純平の後姿を見ながら、いつものように心の真ん中が温かくなるのを覚えた。

けばけばしいネオン街を抜けると、ほどなく目指す公園が見えてきた。公園内には整備された道路がいくつもあり、その両側には何百本という桜が咲き競うかのように咲いている。北海道でも有数の桜の名所だ。満開とあって、公園はかなりの人で賑わっていた。見物客を当て込んで、数え切れないほどの出店《でみせ》が軒を連ねている。純平はサングラスを外し、桜の花を見上げた。街灯に照らされた薄桃色の桜が、濃紺の夜空に鮮やかに映っている。

「やっぱ、綺麗なもんだな」

「本当だね」

普段はまったく花などに興味を示さない純平も、何だか楽しそうに見える。純平はポケットに手を突っ込んだまま、ぐるりと辺りを見回した。

「へへ。花見だってぇけどよ、誰ひとりとして桜なんか見てねぇじゃねぇか。結局、何かと理由をつけて、ただ飲みてぇだけじゃねぇかよ。な」

とその時、人波に押された小柄な老女が、純平によろよろと近づいてきた。小さく声を上げて純平にどんとぶつかる。その拍子に老女が崩れるように道路に倒れ込んだ。見ると、老女の持っていたタコ焼のソースが純平のスカジャンに黒い染みをつけている。

「このクソばばあ!」

条件反射のようにそう叫んだ純平は、老女の胸ぐらを絞り上げた。驚いた老女は純平を見上げながら、

「すすみません」

「すみませんじゃねぇや!」

数人の見物人が、哀れむような目で老女を見ている。道路に倒れ込んだ年老いた女が、体の大きな若い男に胸ぐらを絞り上げられているのだ、非難されても無理はない。しかし、純平の暴動を止める人間は誰ひとりとしていなかった。関わり合いになりたくないのだ。堪らず沙理奈が、ふたりの間に割って入った。

「純平、やめなよ。かわいそうじゃないか」

「かわいそう? かわいそうなのは、どっちなんだよ。どうすんだよ、これ」

沙理奈がバッグの中から素早くティッシュを取り出し、純平のスカジャンについたソースを手早く拭った。

「洗濯すれば、こんな汚れなんかすぐに消えるよ」

沙理奈は、老女の細い体を抱き抱えて立ち上がらせた。老女のスカートについた埃を手で払い除けながら、

「おばあちゃん、ゴメンね。驚いたろ。この人、いつもこうなの。頭に血が上ると、カッとなっちゃって前後の見境がなくなっちゃうのよ。しょっちゅうアタシもやられてるんだ。本当にゴメンね」

「何でお前が、このばばあに謝んだよ。悪いのはこのばばあだぜ」

「純平だって悪いよ。きょろきょろしながら歩いてんだもん」

「しようがねぇじゃねぇか。この人なんだから」

「だから、このおばあちゃんだってしょうがなかったの」

「調子狂うな、もう」

純平は沙理奈から逃げるように視線を外し、老女をきっと睨みつけた。

「おい、クソばばあ！　どうすんだよ、これ！」

とその時、人波をかき分けてひとりの老夫が飛んできた。老女を認めると老夫は慌てて、

「どうしたんだ？」

「あなた。私、この方に粗相を……」

老夫は純平の染みのついたスカジャンに、素早く目を走らせた。黒い染みを認めると老夫

は深々と頭を下げた。

「家内がとんだ粗相をいたしまして」

「おう！　お前が、このばばあの亭主か！　どうしてくれんだよ、この染み！」

「すみません」

そう言って老夫は、スーツの内ポケットからぶ厚い財布を取り出した。財布の中から慣れた手つきで3万円を抜き取る。手の切れそうな真新しい札。老夫はそれを純平に差し出しながら言った。

「これはほんの気持ちです。クリーニング代の足しにでもしてください」

途端に、純平の険しい形相が崩れた。いつもの純平なら引ったくるように現金を受け取り、捨てゼリフのひとつでも吐いてとっとと帰るに違いない。しかし、今日の純平は違った。頭を掻きながら、人のよさそうな笑みを老夫に向けたのだ。

「何もそんなつもりで言ったんじゃねぇよ、俺」

「それでは私たちの気がすみません」

「いいって、いいって」

そう言って純平は、あろうことか現金を押し返したのだ。沙理奈は自分の目を疑った。純平は老女に向き直り、ぺこりと頭を下げた。

「悪かったな、ばあさん。ついカッとなっちまって。俺、いつもこれで失敗するんだよ。勘弁してくれ。あ〜あ、ばあさんのタコ焼、台無しにしちまったな」

潰れたタコ焼が、ぶざまな姿で地面に転がっている。

「ちょっと待っててくれよ。俺、買ってくるから」

「いいんですよ、タコ焼なんて」

「いいって、いいって。ちょうど俺も食いてぇと思ってたところだからよ。そこのベンチにでも座っててくれよ」

そう言い残して純平は、背中を丸くして人波に消えていった。3人は桜の下にあるベンチに腰かけた。小さくなっていく純平の後姿を目で追いながら、老夫が沙理奈に言った。

「ご主人、恐い方かと思いましたが、本当は優しい方なんですね」

「……まあ……ね」

沙理奈は曖昧な返事を返した。純平には何か裏があるに違いない。でなければ、老女の胸ぐらを締め上げて喚き散らした数分後に、掌を返したようにすぐに変われるはずがない。一緒に悪事を働いて生活している沙理奈には、そのことが一番よくわかっていた。純平が何の裏もなく、人のために何かをする人間ではないことを。純平は一体何を企んでいるのだろう。

しばらくすると純平が、人ごみの中からタコ焼の入った4人分のパックを抱えて帰ってきた。

「お待たせ」

そう言って純平は、沙理奈と老夫の間に座った。買ってきたばかりのアツアツのタコ焼を3人に配りながら、

「熱いうちに食べてくれよ」

「いいんですか？」

「ああ」

「ありがとうございます」

蓋を開けると、ほんわかといい匂いが立ち上ってきた。純平はタコ焼を爪楊枝に刺し、口に運んだ。口の中でコロコロと転がし、熱そうに顔を歪めてゴクリと飲み込む。

「へへ。旨ぇや。こんなもんでも桜の下で食えば、豪華なフランス料理にも負けねぇくれぇの味になるもんだよな。ばあさん、旨ぇかい？」

「ええ。おいしいです」

老女は目を細めながら言った。

「そうかい。そりゃよかった」

2個目のタコ焼を飲み込んで純平が言った。

「そう言えば、まだ名前聞いてなかったな」

「そうですね。これは大変失礼いたしました」

「俺は純平。で、こいつが沙理奈。じいさんたちは？」

「私は佐々木五郎と申します。そして妻の幸子です。よろしくお願いいたします」

「よろしくな」

純平がそう言うと、五郎と幸子は小さく頭を下げて屈託のない笑みを浮かべた。五郎の膝のあたりに目を走らせた純平がニヤつきながら、

「じいさんたち、地元の人間じゃねぇだろ」

「わかりますか?」

「そんなぶ厚いガイドブック持ってりゃ、誰だってわかるさ」

そう言って純平は、五郎の膝の上に置いてあるガイドブックを顎で指した。

「それもそうですね」

「で、どっからきたんだい?」

「東京です」

「ほお。そりゃ、随分と遠くからきたもんだな。桜見物にかい?」

五郎はニコリと笑い、

「実は私たち、3ヵ月前から桜前線と一緒に旅をしているのです。2月のはじめに沖縄を出発して、京都の嵐山、金沢の兼六園、北海道の松前城と北上を続けて、今はこうして釧路にいるというわけです」

「桜前線と一緒に旅をねぇ」

「ですから、私たちのいるところはいつも桜の花が満開というわけです」

「へへ。違ぇねぇ。でも、桜ばっかり見ていて飽きねぇかい？」

「まったく飽きません。桜とひと口に言っても、その品種は２００種類以上あると言われています。しかも、たとえ同じ桜でもその日の天気や時間帯によって、違う表情を見せてくれます。本当に不思議な花です」

そう言って五郎は嬉しそうに、薄桃色の桜を見上げた。

「へぇ。それにしても、3ヵ月とは随分と優雅な身分だな。それで、仕事の方は大丈夫なのかい？」

「渋谷、原宿、南青山で貸しビル業を営んでおります。その他に、会社をいくつか経営しておりますので。もっともそちらの方は会長職で、実質的な経営はうちの若い者がやっておるのですが」

その時、純平の目が街灯の灯を受けてあやしく光った。五郎が続ける。

「勝手気ままをさせてもらっている、ただの道楽者です」

「勝手気ままができるだけ大したもんよ。俺なんか、働いてた会社が急に倒産しちまって、道楽どころじゃねぇもんな」

純平はそう言って、わざとらしく肩をがくりと落とした。沙理奈は、純平に何か裏があることを確信した。

「それは、お気の毒なことです」

「就職活動はしてんだけどよ。ほら、このご時勢だろ。なかなかなくて。だから、じいさんたちが羨ましいよ。桜前線と一緒に旅か。そんな身分になってみてぇもんだよな。な、沙理奈」

「…そうだね」

沙理奈は純平の目を見ずに答えた。純平はすっくと立ち上がり、人のよさそうな笑顔を向けた。

「そんじゃ、俺、飲みものでも買ってくるわ。俺、ビールにするけど、じいさんたちは何がいい？」

「それではお金を」

内ポケットから財布を取り出そうとする五郎を制止して、純平が言った。

「いいって、いいって。ついでだからよ。何がいい？」

「そうですか。それではお言葉に甘えて。ビールとそれとオレンジジュースをお願いいたします」

「あいよ」

純平は愛想よく返事をして人ごみに消えていった。純平は何かを企んでいるに違いない。沙理奈はそれを自分で確かめずにはいられなかった。沙理奈はトイレにいくと偽って純平の後を追った。ほどなく、出店の前でジュースを受け取っている純平を認めた。沙理奈は純平の手をぎゅっと摑み、無理やり木陰に連れ込んだ。純平は露骨に顔を歪めて、沙理奈の手を払い除けた。

「痛ぇな。何すんだよ」

「純平。あんた、何企んでんのさ」

「へへ。バレたか」

「当り前じゃないか。働いてもいないのに、何が会社が倒産しただよ。それに、あんたが何の目的もなしに、こんな優しいまねなんかするわけないからね」

そう言って沙理奈は、純平が大事そうに抱えている缶に目を走らせた。

「へへ」

「笑ってないで、言いなさいよ」

純平はニヤリと笑って、よどみなく言った。

「沙理奈。美人局は当分の間中止だ」

「え」

想像もしなかった純平の言葉に、沙理奈は自分の耳を疑った。純平は唇の端を歪めながら、

「お前、あのじいさんの財布の中身を見たかよ」

「ううん」

「そんなことじゃ、一流の悪党とはいえねぇな」

「何よ、それ」

相好《そうごう》を崩した純平は、沙理奈の耳に口を近づけてきた。唇の端を歪めながら声を殺して言う。

「財布の中に、100万は入っていたぜ」

「100万?」

沙理奈は目を丸くして言った。

「ああ、そうよ。しかも、手が切れそうなピン札ばかり。話を聞いてみたら案の定そうだ。一等地にビルをいくつも持っていて、おまけに会社の会長ときた。おい、沙理奈。これを見逃す手はねぇぜ」

そう言って純平は片目を瞑《つぶ》った。沙理奈の中で、純平がとっていた奇妙な行動の謎がすべて解けた。沙理奈は何度もうなずきながら、

「だから、さっき金を受け取んなかったんだね」

「そうよ。3万くらいのはした金で満足する俺じゃねぇからよ。見てなって。あのじいさんから、ガッポリと金を巻き上げてやるからよ」

「さすが、純平。かっこいい!」

沙理奈は純平に抱きついた。あの老夫婦からうまく金を巻き上げられれば、ギラギラとし

た獣のような性欲をぶつけてくる男たちと、当分の間寝なくてすむのだ。沙理奈にとってそれが何よりも嬉しかった。確かに老人を騙すのは気が引ける思いもした。しかし、騙す対象が違うだけで普段やっていることと何ひとつ変わりはしない。しかも相手には有り余るほどの金がある。その分だけ罪悪感も少ない。

純平はこれまで、狙った獲物を仕留められなかったことはただの一度だってない。今回だってきっとうまくいく。沙理奈は満面に笑みを浮かべながら言った。

「で、何かいい考えでもあるのかい?」

「いいや。まだ何も考えちゃいねぇ。でも大丈夫だ。こっちとらぁ、悪党のプロだからよ」

純平は得意げに顎をしゃくった。

「遅くなると変にあやしまれちまう。急ごうぜ」

言うが早いか純平は、五郎と幸子がいるベンチに向かって小走りに歩き出した。沙理奈はその後を追うようにして歩き出す。

ベンチでは何も知らない五郎と幸子が、楽しそうに何かを話しながら桜を見上げていた。くるりと振り返った純平は、ニヤリと左の頬だけで笑って沙理奈に合図を送ってきた。沙理奈は小さくうなずいた。

「お待たせ」

そう言って純平と沙理奈は、ふたりの座っているベンチに腰を下ろした。純平はビールとオレンジジュースを、五郎と幸子に手渡した。

「へへ。道に迷っちまって、少しぬるくなっちまった。勘弁してくれ」

「とんでもない」

五郎はそう言って首を横に振った。純平は勢いよく栓を開け、ゴクゴクと喉を鳴らして一気に流し込んだ。

「クーッ。桜の下で飲むビールは、また格別だな」

「本当ですね」

そう言いながら五郎は、口のまわりをハンカチで拭った。幸子はオレンジジュースをおいしそうに飲みながら、相変わらず桜の花を見上げている。純平がからかうように幸子に言った。

「へへ。ばあさん、そんなに桜の花が好きかい？」

「はい。大好きです」

幸子はそう言ってニコリと笑い、また桜の花に視線を戻した。

沙理奈は、なぜか幸子の目が気になった。温かく優しく、そして力強い幸子の眼差し。その目は、妖艶に咲く花びらの一枚々々をしっかりと焼きつけておこうとしているようにも見えた。しかしその目は桜の花を通り越し、その先にある何かを見つめているようでもあった。

ビールを飲み干した純平が、五郎に向かって言った。

「で、じいさんたちは、これからどうするんだい？」

「明日にでも釧路を発って、根室の方に向かいます。何でも、根室が桜前線の最後の町だそうですので」

「桜の終着駅ってわけか。……いってみてぇな」

そう言って純平は、わざとらしく視線を宙に投げた。

「よければ、ご一緒しませんか？」

五郎がそう言った瞬間、街灯の灯を受けて純平の目がぎらりと光った。

「え」

「あなた方がいらっしゃらない間、家内と話していたのですが、あなた方のような楽しい方々と一緒に旅ができたら、きっといい思い出ができるのではないかと思うのです。袖振り合うも多生の縁。旅は賑やかな方がいいものです。いかがですか？　もしもお嫌でなければご一緒しませんか？」

「嫌だなんて、とんでもねぇ。嬉しいよ。けどよ……」

純平は寂しそうな表情を浮かべて顔を伏せた。五郎と幸子は心配そうに純平の顔を覗き込んだ。

「俺、求職中だろ。時間はタンマリとあるんだけど、こっちの方がよ。情けねぇ話だけどな」

純平はそう言って、人差し指と親指で輪をつくってみせた。

「お金のことなら、何も心配しないでください。無理を言ってるのは、こちらなのですから」

「やっぱ、いけねぇよ。逢ったばかりの人たちにそんなことさせられねぇ。な、沙理奈」

「うん。残念だけど。ねぇ」

沙理奈は調子よく純平に話を合わせた。残念そうに目を伏せていた五郎が、パッと明るい表情を浮かべた。

「では、道案内をしていただけませんか。宿泊代と食事代、それにわずかですが報酬を支払わさせていただきます。つまりビジネスということです。それならば、どうですか?」

「さすがだな、じいさん。それならこっちもお供しやすいや。な、沙理奈」

「うん」

「一緒にいかせてもらうぜ」

純平がそう言って片目を閉じると、五郎と幸子はまるで子供のような笑顔を浮かべた。純平と沙理奈の仕掛けた罠に、まんまとはまってしまったことも知らずに。


翌日。純平と沙理奈は買ったばかりの4WDに乗って、五郎と幸子が泊まっているホテルに向かった。平日の午前中とあって道は空いていた。空はどこまでも高く、綿菓子のような雲が遥か遠くに見えるだけだ。純平は相変わらず、カーステレオから流れるラップミュージックに合わせて、鳥のように首を前後に動かしている。後方に流れゆく飽きるほど長閑《のどか》な風景の中に、五郎と幸子が泊まっているホテルがぼんやりと浮かび上がってきた。太平洋が一望できる釧路でも一番高級といわれるホテル。

「純平。見えてきたよ」

「ああ」

アクセルを踏む純平の足に自然と力が入る。ホテルの正面に車を止め、純平と沙理奈はホテルの中に入った。

ホテルの中は吹き抜けになっていて、薄紅色の絨毯《じゅうたん》が床一面に敷かれている。どこから聞こえるのだろうか、ピアノの音が静かな心地よいメロディーを奏でている。南側にある大きな窓はステンドグラスになっていて、それを通った色とりどりの光がロビーに幻想的な雰囲気を醸し出していた。

「すげぇや。やっぱ、金持ちの泊まるところは違うな」

複雑に反響した純平の声がロビーに響き渡った。数人の宿泊客がまるで汚いものでも見るかのような目つきで、純平と沙理奈に一瞥をくれた。客はスーツ姿のビジネスマンが多く、ボロボロのジーンズを穿いた純平と沙理奈は明らかに場違いな感じがした。

「おはようございます」

遠くの方から聞き覚えのある声がした。純平はサングラスを外して、頭の上にちょこんと載せた。五郎と幸子がにこやかに笑い、ぺこりと頭を下げている。大きく手を振った純平が、

沙理奈にやっと聞こえるほどの小さな声で、

「へへ。カネヅルのお出ましだ」

と言って左の頬だけでニヤリと笑った。醜い心の内を微塵も見せず、純平は小走りで五郎と幸子のもとへと走っていった。純平のいつもとは明らかに違う後姿を見つめながら、沙理奈は後を追った。

「わざわざ、すみません」

そう言って五郎と幸子は深々と頭を下げた。五郎の左手には、かなり使い込んだガイドブックが握られている。純平は首を横に振って、

「構うもんか。そんなことより、よく眠れたかい？」

「はい」

「そりゃ、よかった」

そう言って純平は、今まで見せたことのないような人なつっこい笑みを浮かべた。一緒に悪事を働いている沙理奈の目には、純平のその笑顔が逞しく映った。純平は、五郎と幸子の足もとにある小ぶりのバッグをひょいと持ち上げた。

「で、もういっちまっていいのかい？」

「では、チェックアウトをすませてきます」

五郎を先頭に、４人はフロントに向かった。フロントにいるホテルマンが、待ち構えてい

たかのように丁寧に頭を下げた。鍵をカウンターにことりと置き、五郎は内ポケットを手で探りながら言った。

「1912号室に泊まっていた佐々木五郎です」

「はい。かしこまりました」

ホテルマンはそう言って軽く頭を下げた。ホテルマンが傍らにあるコンピュータにルームナンバーを打ち込み、何ひとつ嫌味のない笑顔を向けてモニターの金額を五郎に告げた。五郎はうなずいて、ぶ厚い財布の中から20万円をさっと抜き取った。沙理奈は財布をちらりと盗み見た。昨日、純平が言っていた通りだ。純平に目をやると、純平は沙理奈にいやらしい笑みを向けてきた。財布を内ポケットに仕舞いながら五郎が言った。

「お待たせしました。では、いきましょうか」

「ああ」

慌てて純平がつくり笑いを浮かべた。床一面に敷かれた薄紅色の絨毯を踏みしめながら、4人はエントランスに向かって歩いていった。

ホテルの正面には、純平の車が止まっていた。春の柔らかな日差しを受けて、濃紺の車がぎらりと光った。純平と沙理奈が持つ醜い欲望のように。純平は車の後ろに回り、トランクを開けた。肩に担いだバッグを車にどすんと積み込み、トランクを勢いよく閉める。

「さ。遠慮しねぇで乗ってくれ」

そう言って純平は運転席に乗り込んだ。助手席には沙理奈が、そして後部座席には五郎と幸子がそれぞれ座った。イグニッションキーを回すと、車は低いエンジン音を轟かせてゆっくりと発進した。五郎と幸子の泊まっていたホテルが、サイドミラーの中で小さくなっていく。

「じいさん。まっすぐ根室に向かっていいのかい？」

純平が前を見たままそう言うと、五郎はガイドブックを広げて、

「今日は厚岸《あつけし》に泊まって、根室にはそれから向かいたいのですが」

「あいよ」

車は道道を抜け、国道44号線を東に向かった。右手に太平洋を望むことができる広々とした道だ。この道をまっすぐに走れば厚岸町があり、その遥か向こうに根室市がある。助手席の沙理奈が後ろを振り返って言った。

「厚岸に、桜の名所でもあるの？」

「国泰寺という日本でも有数の桜の名所があるらしいのです」

「へえ。そうなの。近くに住んでるのに全然知らなかった。さすがに詳しいね」

五郎がガイドブックを持ち上げて言った。

「この本のおかげです」

隣の幸子がクスリと笑い、

「私たちは、ただ好きなだけなんですよ」

と言って口もとを押さえた。しばらく走るとエンプティーランプが赤く点滅しはじめた。

純平は短く舌打ちをして、

「やべぇ。ガソリンが少なくなってきやがった。こんなことなら昨日のうちに入れておきゃよかった」

「本当だね」

コントロールパネルを覗き込んで沙理奈が言った。しばらく走ると、街路樹の向こうからガソリンスタンドの派手な看板が見えてきた。

「ちょっとスタンドに寄ってくぜ」

そう言って純平はステアリングを左に切った。スタンドマンの誘導に従って、車はゆっくりと止まった。ウインドーを開けて純平が満タンと告げると、スタンドマンは大袈裟に頭を下げて小走りで後方に走っていった。純平は給油の間中、両手の人差し指をスティック代わりにしてリズムを刻んでいる。そして助手席に向かい、

「金」

と、低い声で言った。沙理奈がバッグの中の財布を捜していると、純平と沙理奈の間に1万円札が現れた。

「これで足りますか?」

見ると、五郎が1万円札を差し出しながらにこやかに笑っている。

「ああ。足りるよ。けど、いいのかい？」

「もちろんですとも。私たちの道楽につき合っていただいているのですから」

「そうかい。じゃ、遠慮なく」

言うが早いか、純平は左手の人差し指と中指の間に札を挟み、すぅっと抜き取った。すべて計算尽の行動だ。

給油が終わり、スタンドマンが運転席側に回り込んで料金を告げた。純平はウインドーの隙間から細長く折った札を渡してエンジンをかけた。スタンドマンから釣りと伝票を受け取ると、何も言わずにそれをポケットにねじ込んでアクセルを踏む。車は春の暖かな日差しを受けながら、果てしなくまっすぐに延びる道を走り続けた。しばらく走ったところで純平が言う。

「じいさんたち、腹空いてねぇかい？」

五郎は腕時計に目を落とし、

「もう、こんな時間ですか。では、どこかで食事をしましょう」

「じいさんたちは何がいい？」

「私たちは何でも構いません」

「そうかい。やっぱり土地のもんの方がいいよな。おい、沙理奈。ガイドブックに、何かうまそうなもん載ってねぇか？」

沙理奈は指を挟んでいたページを開いた。和洋中の料理が整然と並んでいる料理店を特集したページだ。その上を踊るように動いていた沙理奈の指がぴたりと止まった。

「ね、海鮮丼なんてどう？」

「おお、いいじゃねぇか。じいさんたちはどうだい？」

「いいですね」

「おばあちゃんは？」

後ろを振り向きながら沙理奈が言うと、幸子は皺だらけの顔に少女のようなあどけない微笑みを浮かべた。

「はい。お刺身、大好きです」

「よし、決まりだ。そうと決まれば早速いこうぜ」

純平は勢いよくアクセルを踏み込んだ。街の中心部を抜けてしばらく走ると、ガイドブックに載っていた店がフロントガラス越しに見えてきた。街の喧騒《けんそう》を嫌うかのように、ひっそりと建っている小さな小料理屋だ。

4人は車を降りて店の中に入った。人気の店とあって席はほぼ埋っている。ボックスに座ると、ほどなく中年の女が注文を取りにきた。純平はサングラスを頭の上にちょこんと載せながら、

「海鮮丼4つ。あ、ひとつ大盛りで」

純平と沙理奈は気づかれないように、こっそりと目配せをした。昨日の時点で、この店にくることはあらかじめ決まっていたからだ。すべては純平と沙理奈の思い通りに進んでいた。五郎と幸子は自分たちがいいように使われていることも知らずに、店の中を楽しそうに眺めている。

しばらくすると、さっきの中年の女がテーブルの上に料理を並べはじめた。海鮮丼の隣にあるお椀の中からは、ほんわかと湯気が立ち上っている。ほんのりと磯の香りがするダシの利いた匂い。

「へへ。うまそうだな」

大きく息を吸い込んで純平が言った。誘われるように、沙理奈がお椀に鼻を近づけたその時だった。突然、沙理奈の胸を激しい吐き気が襲った。堪らず席を立ち、急いでトイレに駆け込む。洗面台の蛇口をひねり、勢いよく水を流しながら胃の中にあるものを全部吐く。いつもなら食欲を刺激する香りが、今日に限ってなぜ。頭を上げると、鏡の中に青白い自分の顔があった。あの時と同じ。妊娠という言葉が沙理奈の頭を過《よぎ》った。

その夜、五郎は夜桜見物をするためにその町にホテルを取った。沙理奈の体を気遣ってのことなのかも知れない。気分が悪いことを理由に沙理奈はホテルの部屋に残ることにし、純平と老夫婦は連れだって夜桜見物にいっていた。昼間、五郎が言っていた国泰寺だ。沙理奈はベッドから起き上がり窓を開けた。最上階に位置する沙理奈の部屋に、心地よい春の夜風が吹き込んできた。

沙理奈はベッドに座り、バッグを引き寄せた。その中から、昼間、純平たちの目を盗んで買い求めた妊娠検査薬を取り出した。封を開けると、中からスティック状の検査薬が現れた。先端にある白い採尿部に尿をかけ、小窓の白い部分が赤紫色に変われば陽性。つまり、妊娠の疑いがあるということだ。

トイレにいき、採尿部に尿をかけて沙理奈は待った。わずか1分という時間が、ひどく長い時間のように感じられた。万が一妊娠していたら。その時は、純平に何と言えばいいのだろう。そして純平は何と言うのだろう。いくつもの疑問といくつもの答えが頭の中を駆け巡った。1分後、白かったはずの小窓部分が赤紫色に変色していた。

妊娠。

沙理奈は目の前が暗くなっていくのを覚えた。客とはペッティングだけで、セックスに至ったことは一度もない。お腹の子供が純平の子供であることは間違いなかった。どうすればいいのだろう。自分がどうしたいのかがわからない。もしも堕ろせば、今の生活は変わらずに続けられる。しかし中絶手術を3度経験している自分にとって、この妊娠が最後かも知れない。産むとなると今の生活はおろか、純平の気持ちも離れていくに違いない。出口の見えない暗闇の中で、沙理奈の心は揺れていた。

純平が夜桜見物から帰ってきたのは、夜の9時を回った頃だった。かなり飲んでいるらしく酒臭い。純平は部屋に入るなりジャンパーを床に脱ぎ捨てて、ベッドにゴロンと横になった。

「へへ。年寄りのお守りも疲れるぜ」

純平はリモコンを引き寄せて、巨人・ヤクルト戦にチャンネルを合わせた。沙理奈の体のことを気遣う言葉は何もない。沙理奈は純平の背中に向かって言った。

「純平。ちょっと、話したいことがあるんだけど」

「ん」

「……赤ちゃんができたみたいなの」

沙理奈は純平の言葉を待った。しかし、純平からは何の返事も返ってこない。沙理奈は言葉を続けた。

「生理が1ヵ月ほど遅れててね、純平がいない間に妊娠検査薬で調べてみたんだ。そしたら妊娠してた。もちろん、医者にちゃんと診てもらわなきゃ、はっきりしたことは言えないけど」

「その必要は、ねぇんじゃねぇのか」

「え」

「堕ろすんだろ。どうせ」

テレビを観たまま、いつもと何ひとつ変わらぬ調子で純平は言った。沙理奈の背骨の真ん中を、得体の知れない激しい悪寒が走った。

「アタシ、産むわよ」

気がつくと、そんな言葉が沙理奈の口を突いていた。口に出した途端、沙理奈の心の中で何かが弾けた。

「へへ。産むわよか。こりゃ傑作だ。笑わせてくれるよな、沙理奈は」

そう言って純平は起き上がり、くるりと振り返った。眉間に縦皺を深く刻み、もの凄い形相で沙理奈を鋭く睨む。震え上がるほど恐い顔。人を脅す時のいつもの顔だ。

「おい、沙理奈！　腹のでけぇ女に、誰が援助なんかするよ！　お前、男をなめてんじゃねぇのか！　男はな、堪んなくやりてぇって思うから金を出すんだ！　でけぇ腹見せられて、やりてぇって思う男がどこにいるよ！」

「わかってるよ、そんなこと」

「だったら、そんなバカバカしいこと聞くな！」

「嫌！　絶対に産む！」

沙理奈は力強くそう言った。純平はその言葉を鼻先でふんと笑い飛ばし、

「ちょっと腹ん中にガキができたら、産むだの何だのと偉そうに言い出しやがる。これだか

ら女は困るんだ。大体、産んでどうすんだよ」

「普通の人のように働くのよ。純平、前に駅で働く掃除夫をじっと見てたことあったよね。その後に、純平、アタシに言ったよね。働くのってどういう感じなのかなって。純平も本当は、普通の人のように働いてみたいんでしょ。悪党から足を洗いたいって思ってるんでしょ。ね、純平、そうしよう。だったら、ふたりで一緒に働こうよ」

そう言って沙理奈は、純平の手を握った。純平はすかさずその手を払い除け、

「うるせぇ！　バカも休み休み言えってんだ！　自慢じゃねぇけどな、俺は九九なんかロクに覚えちゃいねぇ。難しい漢字なんか書くことはおろか、読むことだってできやしねぇ。そんな男がカタギになって働けるか！　働くって、そんなに簡単なことかよ！　俺は悪党しかやってこなかったんだ。悪党で生きてきたんだよ！　偉そうなこと言いやがって、お前だってそうじゃねぇか。さんざっぱら悪さしてきたくせによ。一度甘い蜜の味を覚えちまった俺たちに、今さらカタギの生活なんかできんのかよ！」

左頬にいやらしい笑みを浮かべて純平はポツリと言った。

「へへ。結構楽しそうにやってるくせによ」

「……」

楽しくなんかない。楽しいはずがない。純平以外の男と寝て、楽しいわけがない。誰が好き好んで、見ず知らずの男のペニスをくわえることができよう。吐きそうになるのを必死で

堪えているのだ。しかし演技とはいえ、毎日のように喘ぎ声を聞かされている純平に、今さら何を言ってもムダだと沙理奈は思った。

「もう嫌だよ。だって3度も中絶してんだよ、アタシ」

「3度も4度も同じじゃねぇか」

「違う。違うよ。3度目の中絶手術を受けた時に医者が言ってた。もう妊娠できなくなるかも知れないって。だから、これが最後かも知れないんだよ」

「いいじゃねぇか、それならそれで」

純平は左頬に笑みさえ浮かべてポツリと言った。追い打ちをかけるように沙理奈の腹を顎で指し、吐き捨てるように言う。

「大体それ、本当に俺のガキかよ」

「……ひどい。アタシ、純平としかしてないよ。客となんかしてないよ」

「本当かどうだか」

「……純平」

「へへ。風呂にいってくる」

純平はそう言い残して部屋を後にした。肌に粘りつくような、じめっとした空気だけを残して。ふと見ると、テレビ画面は逃げ切ったヤクルトのヒーローインタビューに替わっていた。

ラジオから聞こえる陽気なＤＪの声だけが救いだった。純平と沙理奈の間には不協和音が流れはじめていた。ふたりは昨日の夜から今まで、ほとんど口を利いてはいない。険悪な雰囲気を感じとってか、五郎と幸子も押し黙ったままだ。車の中には重たい空気が漂っていた。最初に沈黙を破ったのは五郎だ。

「沙理奈さん、気分はよくなりましたか？」

「うん。大丈夫」

「そうですか。それはよかった。家内とも心配していたんですよ」

「心配する必要なんか何もねぇよ。な、沙理奈」

沙理奈は、左の頬に冷たい笑みを浮かべる純平の姿を目の端に捉えた。沙理奈は思った。ひょっとすると純平は、芯からの悪党なのかも知れない。額に汗を浮かべて働く掃除夫に向けたあの寂しそうな純平の目は、幻だったのではないかとさえ思えてくる。

純平にとって妊娠など、風邪をひくことよりもずっと軽いことなのかも知れない。風邪よりも、ずっと軽い存在の自分。ひょっとすると純平にとって、自分は金を稼ぐための道具に過ぎないのかも知れない。純平が騙し続けてきたのは、欲望にまみれた男たちではなく本当は自分だったのではないかと。

そう思うと、沙理奈は無性に悲しくなってきた。しかし純平と別れることなどできはしない。孤独の辛さを誰よりも感じ、だからこそ誰よりも恐れているからだ。その時、沙理奈は激しい悪阻《つわり》に襲われた。

「止めて」

車が止まるのと同時に、沙理奈は口を押さえながら慌てて車から駆け降りた。草むらにしゃがみ込み、背を丸めて胃の中にある物を全部吐いた。昨日から何も食べていないため胃液しか出ない。幾度となく襲いかかってくる吐き気に、沙理奈はじっと耐えていた。

すると、沙理奈の背中を誰かの温かい手がさすった。振り返ると、視線の先には幸子がいた。細く小さな体を折り曲げて、何度も何度もさすっている。

「間違っていたらごめんなさい。ひょっとすると、沙理奈さん、妊娠しているんじゃありません？」

幸子の問いかけに沙理奈は何も答えず、黙って幸子を見返した。弱々しい体から放たれる眼差しは、包み込むように優しく、そして鋭かった。

養護施設で育った沙理奈は、母の温もりを知らない。もしも母がいたら、今の幸子のように、きっと自分の体のことを真っ先に気遣ってくれることだろう。幸子の掌から、今まで感じたことのない温もりが沙理奈の体の奥に伝わってきた。沙理奈はコクリとうなずいた。すると、幸子の顔がパッと明るくなった。

「おめでとう」

「え」

「赤ちゃんができるなんて、おめでたいことじゃないですか」

幸子はそう言って子供のように笑った。幸子のその言葉を聞いた時、沙理奈は不思議な思いがした。今までの自分にとって、妊娠は厄介なことでしかなかったからだ。男との関係や生活を脅かす頭痛の種。しかし目の前にいる幸子は、自分の妊娠を心の底から喜んでいる。しかも、わずか数日前に出逢ったばかりの赤の他人のことだというのに。沙理奈は目から鱗が落ちる思いがした。

気がつくと、さっきまで激しく襲ってきた吐き気は、沙理奈の体から潮が引くように消えていた。幸子に背中を支えられながら、沙理奈は車に戻った。

「大丈夫ですか?」

待ち構えていたかのように、心配顔の五郎が沙理奈に尋ねた。すると、すかさず幸子が言った。

「大丈夫。病気じゃないから」

沙理奈は素早く純平に目を走らせた。純平の太い眉毛がピクリと動いた。

「おめでたよ」

幸子が嬉しそうにそう言うと、純平は小さく舌打ちをして短く沙理奈を睨みつけた。後部座席から自分の顔が見えないことを知ってのことだ。

「……だから言ったろ、心配することはねぇって」

純平は怒りを押し殺し、笑顔さえ浮かべて振り返った。沙理奈は、純平の底知れぬ執念に恐怖を感じた。

「そうですか。おめでたですか。病気ではなくて一安心です。沙理奈さん、おめでとうございます」

「……うん。ありがとう」

沙理奈はどうにか話を合わせた。純平は沙理奈をいたわるような態度をこれ見よがしにした後、ゆっくりと車を走らせた。昨日の夜の出来事を知らないふたりには、きっと純平はいい亭主にしか映らないことだろう。鬼のような形相で堕ろすことを強要した男には決して見えないはずだ。再び走りはじめた車の中で、沙理奈が振り返りながら言った。

「おばあちゃんたちには、子供はいるの？」

「ええ」

「もう、随分と大きいんだろうね」

「……亡くなりました。12歳の時、交通事故でした」

幸子は、途切れ途切れにそう言った。幸子の思わぬ言葉に、沙理奈は目を伏せた。

「ゴメン。嫌なこと思い出させちゃったみたいね」

「いいんです。これから親になるおふたりには、ぜひ聞いてほしいから」

幸子はニコリと笑って言葉を続けた。

「女の子だったんです。絵と花が好きな、とっても優しい娘でした。娘が亡くなったのは、学校帰りのことでした。買い物から帰る私の姿を見つけて、突然道路に飛び出したんです。それで……。子供は、自分たちのいいところも悪いところもちゃんと教えてくれます。あの娘が亡くなって30年以上たちますが、あの娘は未だにいろいろと教えてくれます」

「へへ。未だにかい？」

運転席から、からかうような純平の声が飛んできた。

「はい」

「おお、恐っ」

純平は、ふたりに聞こえないくらいの小さな声でそう言って首をすくめた。人を食ったような、いつもと何ひとつ変わらない純平の態度。沙理奈は、その態度がなぜかカンに障った。老夫婦は思い出したくない悲しい過去を、自分たちのために話してくれたというのに、純平はそれを一笑に付したのだ。老夫婦の優しさも深い悲しみも、純平には何ひとつ届いていない。純平の頭には金を巻き上げることしかないのだ。まるで、腹を空かせた一匹の野良犬のよう。

西に連なる山々の向こうに、太陽がゆっくりと沈んでいった。その夜、４人は根室市のひとつ手前の町で一泊することにした。明日の朝、日本で一番最後に咲く桜を見に根室市に向かい、そこで老夫婦の3ヵ月にもおよぶ長い旅が終わる。ホテルの駐車場で純平は五郎に呼び止められた。沙理奈と幸子は先に部屋に戻ることにした。しばらくして純平が軽やかな足取りで部屋に戻ってきた。何があったのか、ことのほか上機嫌だ。

「へへ。お前もやるじゃねぇか」

「え」

「妊娠話だよ、妊娠話。最初聞いた時には、ちょっとビックリしたけどよ。へへ。沙理奈も、いいところに目をつけたもんだよな」

純平はジーンズのヒップポケットからぶ厚い封筒を取り出し、ベッドの上にどっかと座った。封を開けると中から現金の束が現れた。純平は指先をぺろりと舐め、にやつきながら金を数えはじめた。驚いた顔で沙理奈が言った。

「どうしたのよ、それ?」

「へへ。もらった」

「もらったって、誰に?」

「じいさん。出産費用の足しにしてくれだとよ。お、50万もあるぜ。へへ。堪んねぇな、こりゃ」

純平は現金を扇型に広げて、ベッドの上で狂ったように笑い転げた。そんな純平の姿が、何だか違う生き物のように見えた。沙理奈は覚悟を決めた。

「純平」

「ん」

「もうやめようよ、こんなこと。アタシ、あのおばあちゃんたち騙すの、もう嫌だよ」

純平は返事をする代わりに、口を半開きにして鋭く見返した。人を威嚇する時の顔だ。沙理奈は萎《な》えそうになる気持ちを叱りつけ、言葉を続けた。

「アタシの体のことを、本気で心配してくれたんだよ。アタシの妊娠を、本気で喜んでくれたんだよ。あんないい人たちを騙すの、アタシ、もう嫌だよ。純平だって本当は……」

沙理奈の言葉も終わらないうちに純平の右手が飛んだ。とっさに、沙理奈の左手が腹に伸びる。

「利いた風な口、叩くんじゃねぇ！」

短く悲鳴を上げて沙理奈が床に倒れ込んだ。純平の手から離れた1万円札が宙を舞い、ベッドの上にはらはらと降ってきた。純平は沙理奈の顔のすぐ近くにしゃがみ込み、沙理奈の髪をきりきりと絞り上げた。

「お前、養護施設でのあの生活忘れちまったのか？　汚ぇ雑巾みてぇに扱われて。結局、俺たちのこと、誰かが助けてくれたのかよ。助けようともしなかったじゃねぇか。へへ。いい人ってなんだよ。笑わせんじゃねぇよ」

純平は吠えた。吠え続けることでしか生きられない野良犬のように。

「いいか、沙理奈。俺たちクズだろうが。性根まで腐ったクズだろうが。クズは他人と同じようになんか生きられねぇんだよ。お前が鼻の下を伸ばした客を騙して、俺がその客から金を巻き上げる。お前のその服もその指輪もそのピアスも、みんなそうやって稼いだ金で買ったんじゃねぇのか。違うか？　それを何だよ、今さらいい子ブリやがって」

「……」

「この世の中はな、騙す奴がいるから騙される奴がいるんじゃねぇんだよ。いいか、沙理奈。騙される奴がいるから騙す奴がいるんだ。そんな甘っちょろいこと言ってたら、のたれ死んじまうぞ」

吐き捨てるようにそう言うと、純平は体を翻した。その拍子に、沙理奈の目の前にあった1万円札が震えるように小さく揺れた。

翌日。ホテルのロビーには、ソファーに腰かける五郎と幸子の姿があった。昨夜から降りはじめた雨は、ロビーの窓を激しく叩いている。天気予報によるとこの雨は、今日の夜半まで続くらしい。しばらくするとエレベーターのドアが開き、純平と沙理奈がやってきた。その姿を認めるとふたりは立ち上がり、ニコリと笑って頭を下げた。

「おはようございます」

「ああ」

純平はわざとらしく肩を落とし、力なくそう言った。沙理奈は直感した。純平はまた何かを企んでいるに違いないと。

「チェックアウトは、もうすんだのかい？」

「はい」

「じゃ、いくか」

純平は五郎たちの荷物をひょいと持ち上げ、車に向かって歩き出した。3人はその後を追い、車に乗り込んだ。車は白い煙を吐きながらゆっくりと発進した。駐車場を出て右に曲がると国道44号線があり、その道をまっすぐにいくと目指す根室市がある。後方に流れゆく風景を、沙理奈はぼんやりと眺めていた。すると、

「沙理奈さん」

という声がして、沙理奈の顔の横に紙袋が差し出された。節くれだった幸子の手。沙理奈は戸惑いながら紙袋を受け取った。

「これ、何？」

「悪阻がひどいみたいだから」

紙袋を開けると、中からアルミホイルに包まれた小さな俵型のお結びが現れた。朝にぎったのだろうか、それはほんわかと温かかった。沙理奈は驚いた顔で幸子を見返した。幸子は小さな顔に笑みを浮かべて、

「お結びです。悪阻はお腹が空いた時に起きやすいから、少しでもお腹が空いたと思ったら食べてください」

笑いながら五郎が言った。

「ははは……。家内、沙理奈さんにお結びを上げたいと言ってきかないんですよ。ホテルの方に無理を言って、部屋にご飯と塩を持ってきていただいたんです。もしもお嫌いでなかったら、食べてやってください」

幸子は悪阻に苦しむ自分のことを気にかけてくれていたのだ。出逢ってから何日もたっていない自分のことを。なのに自分は、そんな優しい人たちを騙そうとしていた。自分の勝手な欲望を満たすために。いや。純平と一緒にいる以上、結果的には今も騙そうとしているのだ。

沙理奈は前を向いた。幸子の顔がまともに見られない。沙理奈は幸子がつくってくれたお結びを口に運んだ。幸子の優しさが全身に染み込んでくる。

「おいしいよ、これ。本当においしいよ」

そう言って沙理奈は、こっそりと指先で涙を拭った。人の優しさに触れてはじめて流す涙。

雨足が一層強くなり、大粒の雨がフロントガラスを激しく叩きはじめた。純平がワイパーのスピードを速くした。

「本格的に降り出してきやがった。これじゃ花見はできねぇな。あ〜あ。俺もとことんついてねぇ男だな」

何度目かのため息をついた純平に、心配顔の五郎が尋ねた。

「先ほどからお見受けしていると、元気がないような気がするのですが、よろしければ聞かせていただけませんか?」

純平の目がきらりと光った。純平はしばらくためらう仕草をしてから、ゆっくりと話しはじめた。

「夕べ遅く、俺の携帯に弟から電話が入ったんだ。弟、車で人をはねちまったらしい。保険に入ってねぇから、相手の医療費を全額負担しなきゃなんねぇみてぇなんだ。それで金を貸してくれって電話をかけてきたのよ。けど俺、無職だろ。恥ずかしい話だけど、貯金なんて全然ねぇのよ。兄貴らしいところを見せようと思って、何とかするとは言ってみたんだけど、どうしたもんかと思ってな」

純平には弟もいなければ、昨夜は携帯なども鳴ってはいない。すべて、純平の考えたつくり話だ。つまり罠。

「そうだったんですか。それで、おいくらほどあれば足りるのですか?」

「200万もあれば、足りるとは言っていたけどな」

沙理奈は、赤い舌をぺろりと見せる純平を目の端に捉えた。純平に改心する気は微塵もないようだ。狙いを定めたふたりを、確実に食い物にしようとしている。辛く、そして悲しすぎる過去に、どす黒い欲望で復讐するかのように。車は小さな繁華街に差しかかった。後部座席の五郎が身を乗り出して言った。

「申し訳ありませんが、あそこの銀行の前で止まっていただけませんか」

「あいよ」

狙い澄ましたかのように、純平の車は銀行の前にぴたりと止まった。五郎は車を降り、降りしきる雨の中を走り抜けて銀行の中に飛び込んだ。純平のため、２００万円を用立てようとしていることは容易に推測できた。純平は作戦が成功したことを確信したのか、前を見つめながら薄笑いを浮かべている。純平の心の中にはどす黒い闇がある。近づこうとする者を拒み、また踏み込んでしまった者を傷つける深い闇が。沙理奈は焦った。どうにか食い止めなければ。年老いたふたりが食い潰され、抜け殻のようになる前に。

「トイレにいってくる」

気がつくと、そんな言葉が沙理奈の口を突いていた。純平の制止も聞かず、沙理奈は車から飛び降りて五郎の後を追った。

銀行の中に入ると、ＡＴＭの前で札束を封筒に詰めている五郎の姿があった。沙理奈は五郎のもとに走り寄った。五郎は沙理奈を認めると、屈託のない笑顔を向けた。疑うことなく、純平の言葉を素直に受け入れた五郎の無心な顔。沙理奈の頰を大粒の涙が伝った。

「おじいちゃん、逃げて」

「え」

「明日、朝一番の汽車で東京に帰って」

「どうしたんですか、沙理奈さん」

沙理奈のただならぬ様子に戸惑いながら、五郎は弱々しく声を上げた。沙理奈は頬を伝う涙を拭おうともせず、さらに言葉を続けた。

「嘘なの。純平の言ったこと、全部嘘なの。金を騙しとるために考えついた純平のつくり話」

「……つくり話?」

「アタシたち、おじいちゃんたちが思っているような人間じゃない。悪い人間なの。おじいちゃんたちがお金持ちだと知って、アタシたち近づいた。金を巻き上げようと思って近づいたの。でも、おじいちゃんたち、とってもいい人だから。だから、アタシ……。このままだとおじいちゃんたち、純平に食い潰されちゃう。アタシ、これ以上純平に悪いことさせたくないの。だから逃げて」

沙理奈が早口でそう言うと、五郎は何度もかぶりを振って辛そうに目を伏せた。信じていた人間に裏切られたのだ、混乱するのも無理はない。五郎は沙理奈の目を強く見つめた。

「わかりました。しかしそんな話をして、沙理奈さんは大丈夫なんですか?」

「アタシは大丈夫だよ。おじいちゃんたちがいなくなれば、純平もあきらめるだろうし。大丈夫、大丈夫」

沙理奈は涙を拭い、五郎を心配させまいとして努めて明るく振る舞った。

「あんまりここにいると、純平に疑われるから早く車に戻ろう」

沙理奈は五郎の腰に手を回しながら銀行を後にした。折からの雨が沙理奈の涙をごまかしてくれる。雨の中を走り抜け、ふたりは車に乗り込んだ。

「おいおい。ふたりともズブ濡れじゃねぇか」

そう言って純平はヒップポケットからバンダナを抜き取り、いい亭主ぶってそれを沙理奈に手渡した。言葉とは裏腹に、その目は明らかに沙理奈を責めていた。

その時だった。何を思ったのか、五郎は札束の入った封筒を純平に差し出したのだ。

「ここに200万円あります。この金を弟さんに渡してください」

沙理奈は自分の耳を疑った。五郎は騙されていることを知りながら、金を純平に渡そうとしているのだ。なぜ。沙理奈の思いを他所に、純平は相好を崩して、

「いいのかい?」

「はい」

「助かるよ、じいさん」

純平は薄い笑みを浮かべながら五郎から封筒を受け取った。不思議に思って沙理奈が振り返ると、五郎はその視線に気づかぬ振りをして覗き込むように空を見上げた。

「やみそうにありませんね、この雨。この分では花見はできそうにありません。純平さん。今日は根室にホテルを取って、ゆっくりと休みませんか?」

「ああ。そうだな」

純平はゆっくりと車を発進させた。五郎はいつまでも低くたれ込めた灰色の空を見つめている。その横顔は清々しく満足そうに見えた。


「嘘だろ！　嘘だって言えよ、この野郎！」

「間違いございません。佐々木様ご夫妻は、今朝早くにお発ちになられました」

純平はカウンターに体をあずけて、今にも殴りかからんばかりの勢いでホテルマンの胸ぐらを締め上げている。沙理奈はふたりの間に割って入り、必死でそれを食い止めようとしている。ビジネスマンらしき数人の客が、驚いた顔で3人の様子を見ている。純平はそんなこともお構いなしに、声を荒げてなおもホテルマンに詰め寄った。

「いいから出せよ！　今すぐここにじじいを出せよ！」

「ご無理をおっしゃっては困ります。佐々木様ご夫妻は、当ホテルにはもういらっしゃいません」

「どうして帰っちまったんだよ！　どうして、俺に黙って帰っちまったんだよ！」

「アタシよ！　アタシが逃げてって言ったのよ！」

ふたりの間に割って入っていた沙理奈がそう叫んだ。純平の動きがぴたりと止まった。低い声でよどみなく言う。

「おい。今、何て言った?」

「アタシが言ったって言ったのよ!」

「何?」

言うが早いか、沙理奈の右手が純平の左頬を捉えた。純平は呆気に取られて沙理奈を見た。沙理奈は肩で息をしながら大きな瞳に涙をためて純平を鋭く睨みつけている。はじめて見る沙理奈の険しい形相。沙理奈は掌を広げてカウンターをばんと叩いた。

「いい加減に目を覚ましなよ!」

沙理奈の迫力に気圧《けお》されて純平は閉口した。乾いた音が広いロビーに反響した。


少し落ち着きを取り戻した純平と一緒に、沙理奈は老夫婦とくるはずだった桜の木の下に立っていた。昨日の雨で、すっかり葉の方が目立つようになってしまった桜の木。昨日までの賑わいがまるで嘘のように、今はもう誰も見上げることはない。どこからだろうか、子供たちの歓声が聞こえる。ふたりは何も言葉を交わさずに地面に腰を下ろした。純平はヒップポケットから、封筒を抜き取った。ホテルのフロントにあずけていった五郎が純平に宛てた手紙。封を切ると、五郎の達筆な文字が現れた。

前略

おふたりがこの手紙を読む頃、私たちは東京に向かう汽車の中にいることでしょう。何も言わずに、突然帰るご無礼をどうかお許しください。

昨日、沙理奈さんから、どうして私たちと一緒に旅をしようと思ったのかを聞かされました。とても信じられなく、そして悲しくなりました。しかし沙理奈さんを責めないであげてください。純平さんのことを本気で思っているからこそ、私に告白してくれたのです。ですから、どうか責めないであげてください。

私にはご無礼をおかけすることと引き替えにしてまでも、どうしても守りたいものがありました。実は、妻は癌に冒されています。医師から、1年ももたないであろうと宣告された体なのです。私は、桜の花が大好きな妻に最高の思い出をつくってやりたくて、この旅を思いつきました。苦労をかけた詫びのような気持ちが、どこかにあったのかも知れません。

おふたりと釧路で出逢ってから、妻は目に見えて変わっていきました。日に日に笑顔が増えていき、それは癌が完治したのではないかと錯覚してしまうほどでした。妻はホテルの部屋に帰ると、決まって純平さんと沙理奈さんの話をしました。子供のいない妻にとって、おふたりを子供のように思っていたのでしょう。その妻に、私はどうしても本当のことを話すことができませんでした。妻の思い出を傷つけないためには、私にはこうするより方法がなかったのです。

実は、おふたりに謝らなければならないことが私にはあります。私が貸しビル業や会社を経営していると言ったのは、すべて嘘なのです。旅の開放感から、気持ちが少し大きくなっていたのでしょう。どうかお許しください。今はもう退職したのですが、私は小さな町工場で働いていた工員です。私の爪の間には油が染み込んでいて、指先が黒ずんでいます。ゴツゴツしていて、とてもお金持ちの方の手ではありません。それが嫌で若い頃から指先を隠す癖があったので、お気づきにならなかったかも知れませんね。裕福そうに思われたかも知れませんが、この旅は42年間勤めた私の退職金で賄っていました。小さな町工場の退職金ですから、わずかなものです。この旅ですべて使い果たしてしまいました。しかし私は満足です。妻にいい思い出ができたのですから。

最後になりましたが、いい思い出をありがとうございました。元気なお子様を育ててください。

早々

手紙に目を落としたまま、純平がポツリと言った。

「あのじいさん、騙されていることを知ってて、俺に金をよこしたのか？」

沙理奈は黙ってうなずいた。しばらくの間、身じろぎもせずに何かを考えていた純平が、

「へへ。やるじゃねぇか」

と言って薄い笑みを浮かべた。とその時、純平の方に泥だらけのサッカーボールが飛んで

きた。地面でバウンドしたボールが、純平の投げ出した足にぼんと当たった。その拍子にボールについていた泥が、お気に入りのジーンズを黒く染めた。沙理奈ははっとした。純平はゆっくりと立ち上がり、足もとに転がっているサッカーボールを持ち上げた。遥か遠くの方で手を振る子供たちに向かって、

「お〜し！　いくぞ！」

と、笑顔さえ浮かべて蹴り上げた。青く晴れ渡った空に、サッカーボールがぐんぐんと舞い上がった。純平は泥のついたジーンズに目をやった。

「へへ。泥だらけになっちまった」

そう言って純平は照れ臭そうに笑った。沙理奈は誇らしげに泥だらけのジーンズを見つめた。純平はゴロンと横になり、頭の下で手を組んだ。

沙理奈は桜の木を見上げながら幸子のことを考えた。幸子は、きっと自分の死期が迫っていることを薄々勘づいていたのだろう。だからこそあんなに強く、あんなに優しかったに違いない。沙理奈は呟くようにぽつりと言った。

「おばあちゃんたちにも見せて上げたかったな、この桜」

「来年、見りゃいいさ」

「くるかな?」

「ああ。くるさ。きっとくる」

純平は力強くそう言った。地面に落ちていた花びらをつまみ上げ、片目を瞑って空にかざした。

「な、沙理奈」

「ん」

「俺たちも、またこの場所にこようぜ」

「うん」

「そん時ゃ、そのガキも一緒だからな」

沙理奈は驚いて純平を見つめた。

「今、何て言ったの？」

「バカ。もう言わねぇ」

純平は照れ臭そうに花びらを顔に近づけた。純平は変わろうとしていた。変わろうとする気持ちが純平の中に芽生えたことが、沙理奈には何よりも嬉しかった。その気持ちさえあれば、必ず変われる。今すぐには無理かも知れないが、いつかは必ず変われる。その日がくるまで待ってみよう。2年でも3年でも、いや、何十年でも待ってみようと沙理奈は思った。

沙理奈は純平と並んで横になった。桜の花びらをつまみ上げ、純平のまねをして片目を瞑って空にかざしてみた。空の青と花びらの薄紅色が滲《にじ》んでは溶けていく。

満開の桜の花が、沙理奈の瞳の中で誇らしげに咲いていた。

著者プロフィール
七瀬　ざくろ（ななせ ざくろ）
菊地 秀喜（本名）
札幌大学経済学部経済学科卒業
コピーライターの傍ら小説を執筆

かえで荘の朝

2001年10月15日　初版第1刷発行

著　者　七瀬 ざくろ
発行者　瓜谷 綱延
発行所　株式会社 文芸社
〒112-0004 東京都文京区後楽2-23-12
電話 03-3814-1177（代表）
03-3814-2455（営業）
振替 00190-8-728265

印刷所　株式会社平河工業社

ISBN4-8355-2597-3 C0093